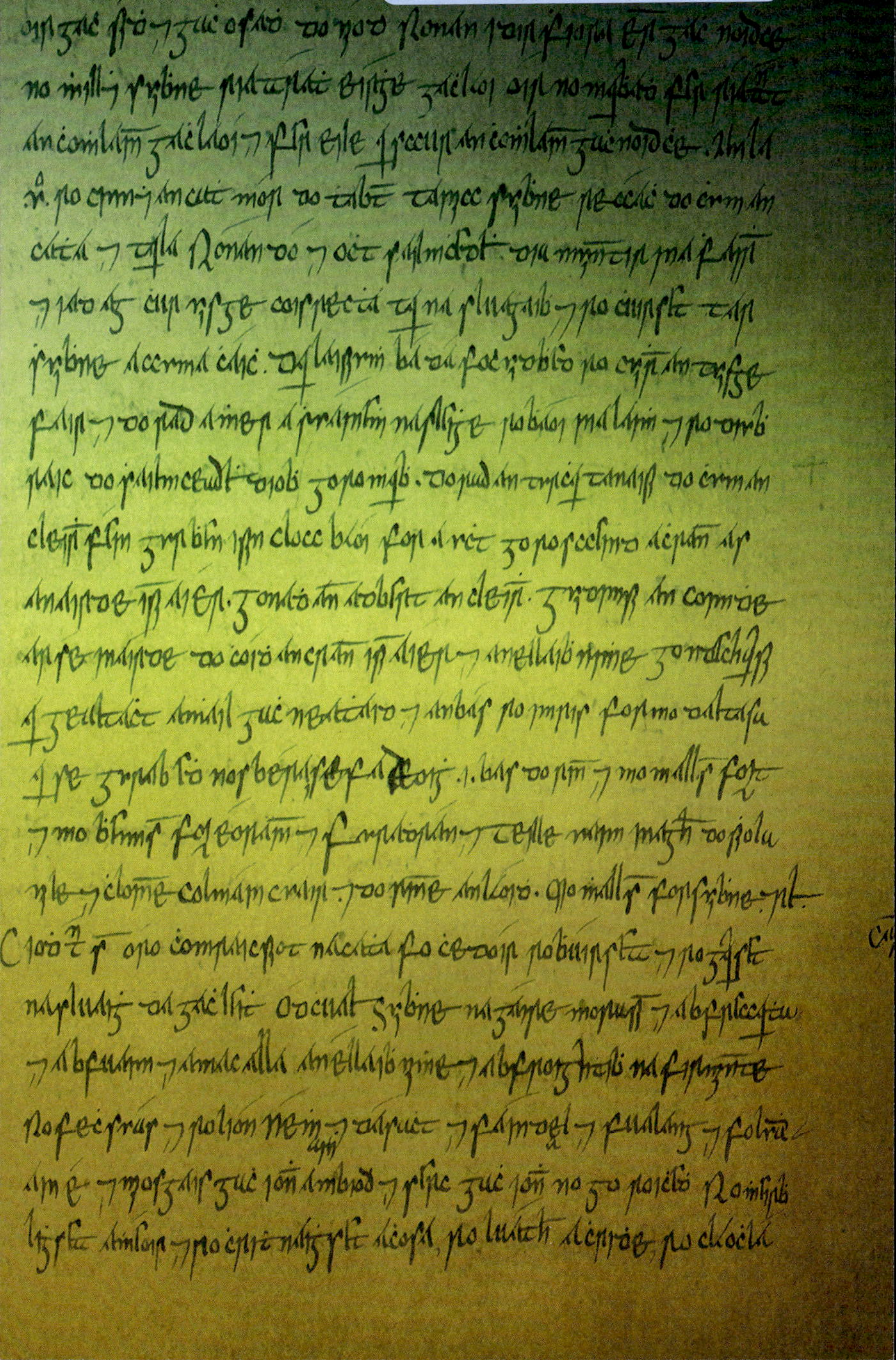

na tarraing tar an cceill amach .e., 7 do righ lámh an cléirigh for a ... go ccuala
an tigh sin aige do ríghne an tighearna gusin giolla Congail Claoin mic Scannláin rí
Uladh a n-a ttoidhecht 7 a n-a ttoidhecht chum Suibhne ó Congall Claon do
cath Muighe Rath. Do riacht an giolla go Suibhne 7 do fed sgéla dó uile
go deireadh. Teid Suibhne leis 7 fágbhais Rónán go dubhach dobrónach
ar mbeith do a shaltair 7 ar n-a dénamh a ... 7 a ...
Dia mbói lá go n-oidhce iarsin do riacht dobharchú asin loch go Rónán
7 a shaltair leis gan milledh líne no litre innte. Do roinne Rónán
altughadh buidhe do Dhia do chionn na mórbhuile sin 7 mallaighis Suibhne
iarsin. Mo chuid fo chelledh an Coimdhe ... 7 ... amhail táinig Suibhne
dom thiomchuairt 7 e lomnocht gurab amhlaidh bias do ghrés lomnocht
ar faoinnel 7 ar foluamhain fó fheadh an domhain 7 gurab bás
do rinn bera fo deóidh dó 7 mo mhallacht fair 7 mo bhennacht for
Eoraind ro chuir ag a fastódh 7 an lá atcifet clanna Colmáin an
tsaltair gurab olc 7 oilbhéim dóibh 7 do rinne an laoidh:

Suibhne mac Colmáin ro chráidh, mór tarraing leis a leth lámh
... bail cille ... leis ... na ... .r.

Do chuaidh Rónán iaramh go Magh Rath do dhénamh síotha eidir Domhnall
mac Aodha mic Ainmirech .i. rí Ér. 7 Congal Claon mac Scannláin rí
Uladh. Do bhíthí .r. an cléirech a ccomairce eatorra gach laoi go nach marbhtha
daoi neach eatorra ón uair ro toirmisctí an cath go ngabhtha
do ris. Tigedh tra Suibhne tar an síodh an cléirigh gach a tráth

Né Sabine

Mé Suibhne

FEARGAL Ó BÉARRA

LEABHAR BREAC

An Chéad Eagrán 2021

ISBN 978-1-913814-08-3

Clóchur, ealaín agus dearadh: Caomhán Ó Scolaí
Clódóireacht: Clódóirí CL

Foras na Gaeilge

Táimid buíoch d'Fhoras na Gaeilge as maoiniú a chur ar fáil don fhoilseachán seo.

Tá an t-údar buíoch den Chomhairle Ealaíon as an sparánacht a bhronn siad air agus é i mbun pinn.

Leabhar Breac, Indreabhán, Co. na Gaillimhe.
www.leabharbreac.com
091-593592

Bliadain for hannoir
a Ḋáibiḋ Uí Ḋuibgennáin

Do mo mháthair
I gcuimhne m'athar

Is í gealtacht an duine mórchúinse na linne seo. Saol an lae inniu, saol na gcogaí móra, saol an tríú domhan, saol folaithe an bháis a fhágas orainn a lorg féin — níl ag aon cheann acu an ghlóir shibhialta a bhíodh le fáil sa gcathairstát Ghréagach anallód. Fearann comhaimseartha na polaitíochta, tá sé sóisialta, díothaitheach, tnáiteach ar bhealach millteach ollsmachtach; fágann sin gur spás í an ghealtacht ina mbíonn indibhidiú frithshóisialta neamhpholaitiúil agus — nach aisteach le rá é — saor le fáil.

—Julia Kristeva,
Soleil Noir: Dépression et mélancolie

[1] L'événement aujourd'hui, c'est la folie humaine. [...] Le monde moderne, le monde des guerres mondiales, le tiers-monde, le monde souterrain de la mort qui nous agit, n'ont pas la splendeur policée de la cité grecque. Le domaine politique modern est massivement, totalitairement social, nivelent, tuant. Aussi la folie est-elle un espace d'individuation antisociale, apolitique, et, paradoxalement, libre.

SEACHNÓINEACHAS SHUIBHNE

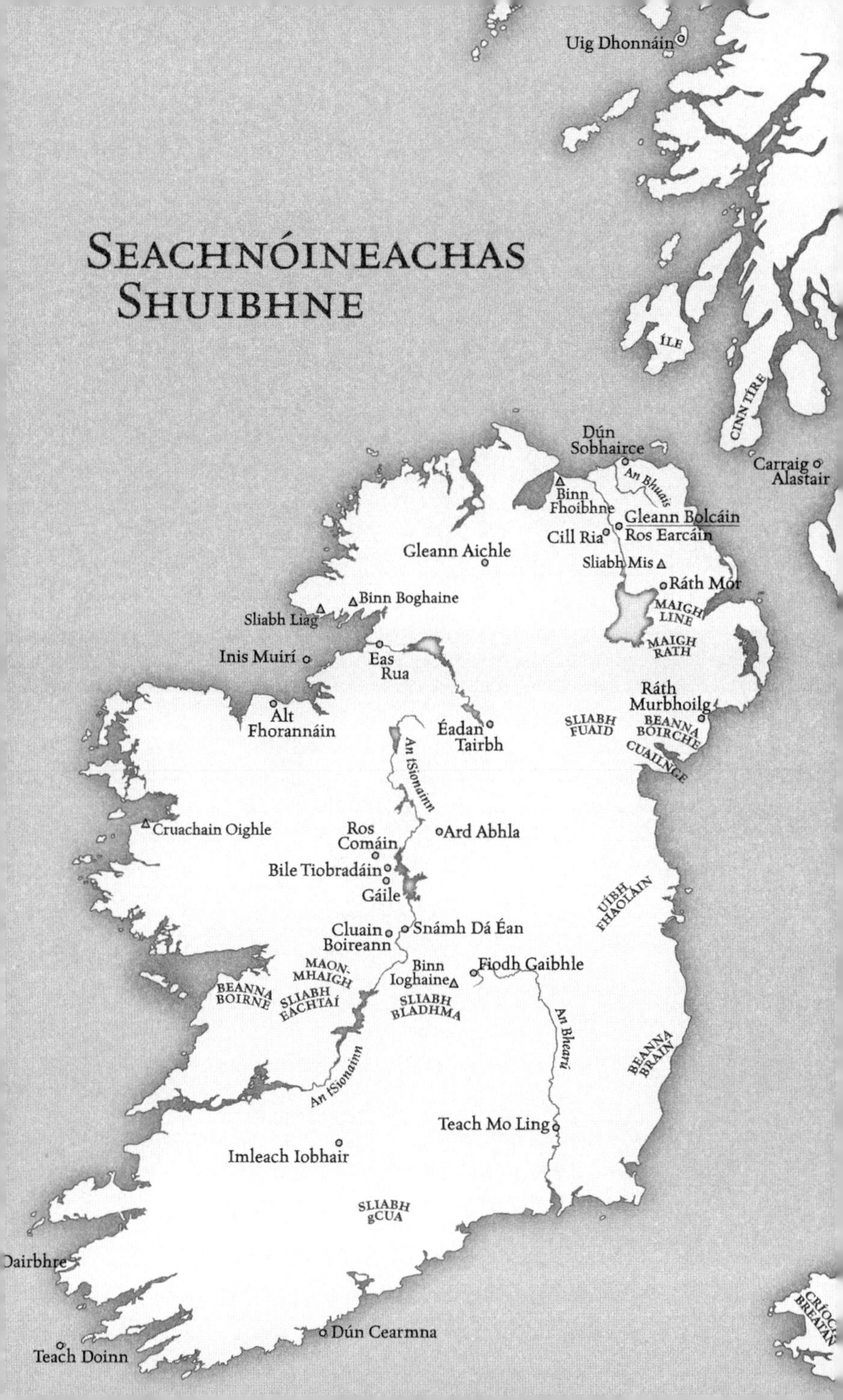

‘NÍ LEAT, NÍ LEAT ACH LIOMSA!’

‘Gabh ar ais, a scubaidín, agus torom í!’

‘Muí, muí, is liomsa í!’

‘Gabh ar ais, a scubaidín, gabh ar ais!’

Os comhair an dúin dúinn an mhaidin sin, ag spraoi is ag súgradh leis an dís a d’iompair sí trí ráithe, mé féin is m’Eoráinín álainn faoi shéan is faoi shonas, gan uídh gan aird againn ar dhuthain an domhain ach an saol á chaitheamh féin go subhach somheanmnach inár dtimpeall faoi ghealspré an earraigh.

Leis sin, chugainn anuas as fraighthe an aeir, gur lig aisti a fógra fola, an bhadhbh fhraochta.

‘Badhbh Badhbh!’ arsa mo mhaicín mánla de ghlór faitís ar bhreathnú suas dó ar an uafás ba léir sa spéir os ár gcionn.

‘Badhbh Badhbh!’ arsa m’iníon álainn.

Chugam Dubhán Draoi go ndúirt:

‘Trua an tuar, a Shuibhne, agus olc an fhoighe!’

'Labhair, a Dhubháin, agus déan fáistine dom.'

Trua an tuar, a Shuibhne chaoimh,
An Bhadhbh a theacht anall,
A fearacht siúd — crom ar craoibh,
D'fhearacht féin ar ball.

Ar fhíorthús an lae sin, is maith mo chuimhne … ar a dheireadh thiar is fearr arís: go lách lánaoibhinn dúinn ar an mínbháinseach bhog gan smeámh as aer nuair a chualas uaim, mar mhacalla in ó na hintinne, an clog á bhualadh — clogán callánach Críostaí! — faoi thost na téigle. Fear a bhuailte? Rónán Fionn mac Bearaigh — fear mín muinteartha mórmhonarach más fíor do chuid, sciath dhídin ar dhroch-amais an Diabhail más fíor do chuid eile, ach Néilleach mustrach mí-onórach gan náire ar mí-nós arís i nDál duaibhseach Araidhe dar liomsa. Ba mhinic leis an bhradaíl sin, gan uaidh ach cill chiapánta dá chuid a bhunú san áit nár dhual, san áit nár dhlite, san áit nár ordaigh Crom ach Críost!

Cead níor iarr an lá úd ach oiread. Cén t-ionadh dom, más ea, an lonn lán-nirt, cén t-ionadh dom an lúthfhearg láidir? Cén t-ionadh dom teacht i mo rith uafar nuair a chualas an clog gur ionsaigh go fíochmhar fiáin é féin? Cén t-ionadh dom caitheamh na saltrach i bhfodhomhain an locha lenár dtaobh? Cén t-ionadh dom gan aird gan uídh a thabhairt ar Eorann ós í i ngreim binneoige i mo bhrat ag féachaint le m'fhostú? Cén t-ionadh dom éirí de réim ró-reatha i mo chraiceann dearg ag díchur an duine sin as an dú nár dhú dó? Murach gur tháinig chugam le linn na caismirte callánaí sin giolla Chonghail Chlaoin le gairm chatha, cá bhfios nach mín marbh ar lár a bheadh Rónán féin?

'Slógadh ag Conghal Claon, a Shuibhne, agus gairm shlua uaidh ort féin — fearacht taoiseach gach fine — go Maigh Rath ar cheann Dhomhnaill mhic Aodha, Rí Éireann.'

As liom ansin i dteannta an ghiolla a théisclim le haghaidh an chatha. Imeachtaí na maidine mí-ámharaí sin, chuireas as mo cheann iad óir dá mba míthuarúil féin iad, ní mise ba chúis leo ar deireadh. Nach beag dá lorg ar mo chinniúint dá éis a thuigeas an lá léanmhar úd!

LE FÁINNIÚ LAE AR MAIDIN, GHLUAISEAS liom le sodar is le siúl chun gur mé ba thúisce troigh ar áit an áir — Maigh rua-linnteach Rath. Ba ghearr ann mé go bhfacas uaim ar gach taobh díom iad: cipí, catha, is cathláin — lánchalma mórbhéadach dar leo féin ós iad ar tinneall is i dtreoir. Níor chian dá éis gur chuireamar glúin le gleo, troigh le taca, agus aghaidh le himghoin. Dreas mór troda dúinn an mhaidin sin, ag leadradh is ag luathbhualadh a chéile, an cúr comhraic le béal gach fir, an fhuil fhiata ina srutha le fána na leirge anuas. Ar an ordú sin dúinn go headra nó go bhfacas chugam go mórchúiseach mór-chumhachtach trasna na má gona bhachall gona bhuí-shaltair (gan milleadh líne ná litre uirthi ó tugadh aníos ó ghrinneall an locha go míorúilteach í) an Néilleach mustrach mí-onórach gan náire — Rónán Fionn! — ar mí-nós arís i nDál duaibhseach Araidhe. A dhéanamh shíthe idir dhá rí a tháinig ach, más ea, ní dhearna ar deireadh tar éis a shaothair ach teitheadh go dtagadh arís. Tháinig arís ach, má tháinig, níor fhéad a síothú. Tháinig an treas lá ach má tháinig féin! Go deimhin agus go díomách dó, tháinig sé an t-athlá i gcoimirce na beirte ag impí orthu gan cead a thabhairt aon neach a mharú ar an ármhá uafar úd ó fháinniú lae go feascar oíche ach b'éigiallta an achainí!

B'olc liom féin an t-oiriúntas sin ionas go dtagainn le breacadh gach lae a mhilleadh choimirce Rónáin go mbrisinn gach fíorshíth is fosadh dá ndéantaí. Dar fia, bhriseas. Tuige nach mbrisfinn agus é siúd ag teacht arís agus arís eile — gan achainí gan iarraidh — ag féachaint le cill a bhunú san áit nár dhual? Dís in aghaidh an dé — fear i dtús comhlainn agus fear eile i ndeoidh comhlainn gacha nóna — a thit le mo chlaíomh ar Mhaigh mhí-ádhmhar Rath. Nár mhór an béad!

Sé saorlaetha na seachtaine sin ag imghoin agus ag imbhualadh go dian dícheallach don dís rí-laoch úd gan neachtar in inmhe a chéile comhraic a sharú ná a shileadh. An céanna dom féin, ós mé ar mhí-ordú mioscaise, ar feadh an achair chéanna nó gur cinneadh ar deireadh an cath mór a thabhairt le deargadh maidine ar an seachtú lá.

I gcionn na seachtaine, ar an Máirt mhiscneach mhallachtach mhídhánach úd, tháinig ann i ngleic is i ngleo an dá leon loinneartha úd gur thugadar leathmharú is lánmharú, rí-mharú is rúscmharú, go ceachtartha is go crua ar a chéile. Ach má tháinig is má thug, ba é an lá léin ag Ultaibh is ag Dál Araidhe é óir is ann a thit Conghal Claon, ardrí uaibhreach allata ollchéadfach Uladh (dalta dí-umhal diúnasach Dhomhnaill, mar a thug dream eile ar mo shaor-sheise soicheallach féin). Ar ar tharla dom féin dá éis, is caol mo chuimhne, ní maith mo mheabhair. Cá hionadh sin nó cá hionadh dom, go deimhin, aon ní dá ndeirim?

Ar tharla duit dá éis, a Shuibhne, ní cúram feasta duit óir atá ina sheanchas coiteann ó shin ag feara Éirean ar éirigh duit dá éis: Iomthúsa Shuibhne, tháinig dála cháich ar an seachtú lá chun an chatha. Agus, a Chroim nach cam, nár mhór an áilleacht é! Nach sinn a chonaic? Faoina thuineach den sról ríoga, faoina léine shreabhnaí shíoda ós í i gcustal lena ghealchneas, agus an t-ionar — a thug Conghal Claon dó as Oilill Céadach, rí Ua bhFaoláin, a mharú ar Mhaigh Rath trí lá roimhe sin — go cruinn cneasta i dtadhall lena dhea-chreat.

Ach go deimhin, ba shuarach an méid sin le hais a raibh arís eile i gcustal lena chaoinchneas: ionar eile, den chorcardhath, faoina stua-lúba síoda go ndlúthchiumhais dhea-fhite den ór álainn órloiscthe, faoina shreatheagar de gheama caomha carrmhogail ó cheann ceann na ciumhaise sin. Dhá shleá fhíor-fhada shlinnleathna ar iompar aige, sciath bhreacbhuí bhuabhallda ar a mhuin, agus an claíomh órdhoirn úd, a bronnadh air d'éis chath Ghleann na dTriath, i gcustal lena thaobh.

Fóill ort, a dhuine! Ní morgtha ar fad mo mheabhair óir cuimhním fós ar an bhfraoch feirge a bhuail mé: ba ghearr ansiúd mé go bhfacas chugam trí cheo an chatha Rónán bradach, a chuid smuilcíní sonnta á leanacht, agus é ag croitheadh an uisce choisricthe úd is milis lena leithéid ar na sluaite sula dtéidís go hármhá an eirligh (agus go hifreann síos go grod dá éis, mar a chreid sé féin). Fearacht taoiseach gach fine, croitheadh braoinín den bhainne bréan sin orm féin, le teann fochaide is fonóide. Ba leor de ghríosú liomsa an gníomh sin óir ní dhearnas ach méar mhear mheáite a thabhairt i suaineamh na sleá seimní a bhí i mo láimh agam gur scaoileas uaim le duine de lucht ceadail na salm an tsleá sin gur thit sé mín marbh ar lár den aon-urchar úd. Cé gur mhór liom é mar bhéad, níor leor liom é mar éacht nó gur thugas an dara hurchar den tsleá fhaobhrach uillinnghéar ar cheann na feadhna foruallaí féin, ar Rónán Fionn! Géar a d'fheil! Ach má thugas, ba é an t-urchar iomraill ar deireadh agam é óir ní go ceartlár a chroí a chuaigh mar ba mhian liom ach ar seachrán sa gclogán a bhí faoina mhuineál ionas gur ling leis sin crann na sleá in airde os cionn cháich suas san aer.

Ansin a labhair sé féin:

'Mo mhallachtsa ort, a Shuibhne, a fhir láimhe deirge! Guímse an Coimdhe cumhachtach a airde a chuaigh crann na sleá sin uaitse i néalta neimhe anois go dtéirse féin le gealtacht gan chairde feasta go rabhair amhail gach athaid an airde chéanna ar craobha araon le héana! Agus an bás sin — bás de rinn — a d'imrís ar mo dhalta-sa gurb é an bás ceannann céanna é a imreofar ort féin ach a dtaga d'ionú, a thruáin, agus seachain nach dtiocfadh! Ar Eorann, do bhean dhíreach dhílis féin, ar Fhuradhrán salmchéadlaí — solas na bhFlaitheas dá anam — agus ar a chaoin-chomrádaí Teille, atá fanta anois ina dhiaidh faoi bhrón, cuirim mo bhail is mo bheannacht. Ach maidir leatsa, a anduine aindiaga éagráifigh, ort féin agus ar do shíol — ar Chlann Cholmáin Chuair — cuirim mo mhallacht go broinne an bhrátha: i ndísc is i ndíchuimhne i do dhiaidh go dté do rí-shliocht!

Mo mhallacht ar Shuibhne,
Mór mar a d'fheall ormsa:
An fogha bláith buile,
Do sháigh trí mo chlogsa.

An clogán a ghoinis
(Clog naofa le naomhaibh)
'Chuirfeas tú ar craobhaibh,
Araon daoibh le héanaibh!

Mar a chuaigh i gcéadóir
An tsleá sin in airde,
Go dtéir féin, a Shuibhne,
Le gealtacht ód' chairde.

Mo dhalta do ghoinis,
Fogha ann do dheargais,
Do chionsa den tseaghais?
Bás rinne, láimh le heaglais.

Beannacht uaim ar Eorainn,
Eorann chaomh gan chrannacht,
Ach doilíos gan teorainn
Ar Shuibhne — is mallacht!

CUIMHNE NA LINNE SEO AR IMEACHTAÍ na haimsire sin? Is cinnte nár cheo ar mo chuimhne na rannta úd óir is maith is eol dom fós a lorg is a léan: ó d'éirigh chun catha ceachtartha na cipí, na catha, is na cathláin chalma sin, a bhí spréite ar gach taobh díom feadh mo shúl, mheirbhligh mo mhéara agus luathaigh mo chroí gur cloíodh mo chéadfa, gur saobhadh mo sholas, gur thosaigh mo dhá chois ag croitheadh mar a bheadh dhá bhogshifín ann ina seasamh le sruth. Ba ghearr ina dhiaidh gur chualas gleo is gáróid an chatha, bodharbhúireach na dtrodairí, gur thugadar trí tromghártha os ard mar a bheidís go léir do mo ghairm chucu. Gach taobh dár bhioraíos cluas, ba chlos dom na gártha móra sin; gach taobh dá mbioraím cluas ó shin is i dtólamh — i gcroí-lár an lae ghil nó i nduibheagán na hoíche uaigní — cloisim i mo chloigeann cráite, ag uallfairt is ag éamh, crua-ghleo an chatha sin agus tuargain na troda úd. I néalta nuall-arda neimhe agus i bhfraighthe forarda firmiminte ba chlos dom iad an lá sin thar aon lá eile: ba leor sin de ghleo.

Ba leor, dar fia, óir gheit leis sin m'intinn agus ling mo chroí gur thit go lár anuas as mo dhá láimh mo chlaíomh is mo sciath gur líon go grodmhear is go géarthobann mioscais agus mórfhuath mé le gach áit dá mbínn go dtí sin, searc is síorshantú le gach áit nach bhfacas fós. B'in é tús mo chuid fánaíochta is mo chuid sirtheachais.

D'imigh díom ansin, mar oighear ar imleá, mo chruth is mo chaomhdhéanamh féin go ndeachaigh ar gcúl dá réir go ramallach réamach mo ghaisce is mo ghal gur fágadh i mo chladhaire caca mé ar mo theitheadh as áit an áir: níor náire go dtí é. Féachaint uaim dár thugas ansin ar néalta neimhe gur thuigeas de phreib nár dhán dom feasta dídean ar domhan mura n-éirínn go beo bríomhar as an áit sin amach agus suas san aer ar spuaic spadliath na spéire ar shiúl ó shuí an tsléachta.

Leis sin, gan chor gan char, tháinig orm éadroime céille is aigne gur bhreathnaíos uaim anonn: a bhfacas ann do dhall mé óir líonadh ó rinn go sáil mé le dobhar is le dásacht, le faoinneal is le fualang, le friotáil is le foluain. Ansin, an díoscán is an deoraíl, an líonrith is an lán-eagla gur bhuail lagar intinne agus troimse meanman mé gur chromas gan choinne go gogaide, go hioscaidí, go dhá phluic tóna, gur thugas síneadh is searradh ar mo cholainn ón talamh aníos gur lingeas d'aon réim ró-reatha rán amháin suas i bhfraighthe na firmiminte go ndeachas le gaoth is le gealtacht os comhair an tsaoil mhóir, amhail gach athaid aeir (mar a chinn Rónán), suas de mhórléim ar staighre na spéire.

Cor dom dá éis, ní heol dom ó nach bhfanann i mo chuimhne dár tharla an lá léanmhar úd ach an dá ghlór dheiridh sin a chualas agus an cainniúr ina sceathrach ag silleadh asam anuas agus mé ag imeacht as áit an eirligh: 'Seas fód, a chladhaire, seas fód! Cá bhfuil do dheifir, a Shuibhne mheata mhílámhaigh?' A Shuibhne mheata mhílámhaigh? Goilleann orm fós an dá fhocal sin — níor tharcaisne go dtí iad! — mar nár aithníos an té lenar casadh!

DÍCHUIMHNE I dTÓLAMH É, A SHUIBHNE?

Is ea, mo léan, is ea. Ní cuimhneach liom ach a leath.

Nach beag a shílis, ar theacht ar chlár an chatha duit an mhaidin sin, gur i do cheann fá eite, i do gheilt ar craobh, i do shirtheachán seang gan chonn gan chéill, a bheifeá ar dhul in úir don ghréin tráthnóna?

Is beag, dar fia. Ach céard seo mé nó cén glór é sin a chluinim? Cá bhfuil sé? In ó na hintinne? Ar dhroim an domhain doinn? Nach glór é seo a labhair liom cheana?

Mar seo a tharla duit, a dhuine bhoicht: chuala gach fear dá raibh sa slua déadlaith daith a bhí cruinnithe ar Mhaigh Rath an liú lánfhiáin a ligis asat ag imeacht duit as áit an áir go ndúradar de ghuth aon-fhir: 'Ná téadh uaibh faoin gcaolmhuine fear an ionair mhaith!' Ach mo léan, as leat faoin gcaolmhuine i do chladhaire meata mílámhach as an gcath sin amach. Bhí de luas leat ag imeacht gurbh ar éigean a leagais cos ar lár, agus an t-am sin féin, an drúcht ní bhainfeá d'fhuar-uachtar an fhéir ar éadroime is ar aeracht na céime a chinnis nó go ndeachais ar deireadh go Ros Bearaigh.

Go Ros Bearaigh? I Ros Earcáin atá, más fíor, pé ní a thug ann mé. Slán fós dom' chuimhne ar an lá ar thánag ann: fuireach ní dhearnas ach tréan-imeacht romham. Má, machaire ná maolsliabh, móin, muine ná mothar, cnoc, cabhán ná coill níor fhágas gan tadhall gan taisteal nó gur leagas cos, le feascar lae, i

Ros Bearaigh gur neadaíos sa mbile ann — Iúr an Ghleanna a ainm. Ba é ba dhual dom thar aon ní eile — ón lá ar éiríos san aer, ó d'imíos le craobha — éirí den talamh san iúr, cineadh ar craobh, drannadh le dos dídin, áit nár bhaol dom duine ná díobháil ach foscadh is fóirithint ó phúir an tsaoil le fáil agam ar bile go maidin.

Maidin lá arna mhárach agus mé ag breathnú uaim soir as an mbile go bhfacas chugam mo chliamhain féin Aonghas Ramhar agus fuadar fear teite catha faoi. Buíon dá mhuintir á leanacht — a mbealach déanta anoir acu thar achadh, fiodh, doire, coill, gort, muine is droim go Ros Bearaigh ar mo thóir. Ansiúd dóibh an oíche sin gur chaitheadar go huair mharbh na hoíche cois tine ann ag coinneáil beo léi. Mise faoi cheilt san iúr os a gcionn agus mé ag éisteacht le séis scéala is seanchais a gcomhrá faoi chur an áir ar Chonghal gona chlanna. Beag mo shuim ann nó gur ghoin an chaint seo m'aire:

'Crua an chinniúint a d'éirigh do Shuibhne.'

'Crua cinniúnach!'

'Beo nó marbh dó, a dhaoine?'

'Ina bheatha dar le dream, sniogtha dar le dream eile. Cá bhfios do dhuine nuair nach bhfacthas é ó cuireadh an cath?'

'Caillte atá sé, go cinnte. Nach é Rónán féin a dúirt, tráth ar eascain sé Suibhne, gur bás a gheobhadh — bás de rinn, más fíor?'

'Cloíonn neart ceart!' a deirim ansin sa gcrann os a gcionn.

'Fuist agus éistigí! Cloíonn neart ceart? Cén tsiosarnach sin nó cé dar díobh an glór seo thuas?'

'Cé eile ach é siúd a chodail amuigh an gamh seo tharainn!'

'É siúd? Ara, a dhuine, níor thuig sé siúd an siolla ba shuaille den ris a bhí sé a reic cé gur rímhór an rachairt a bhí ar a rann.'

'Go deimhin, níor thuig! Mór an dul amú oraibh a leithéid a cheapadh. Gamhchodladh amuigh agus Suibhne ar strae?'

'Éistigí, éistigí!' arsa an treas duine. 'Ní don fhear a chodail amuigh is fó foghar ná friotal adrásta ach do Shuibhne seingbhléin mac Colmáin. Dar m'anam féin, agus dar uasal-anam Athairne, ach is é atá ann!'

'An gcluin tú sinn, a Shuibhne, an gcluin tú muid, a dhuine dhúir ar craobh?' ar siad ansin liom de ghlór aon-fhir.

Smid féin.

'Más tú atá ann, a Shuibhne, tar i leith go nír do ghoradh beag linn!'

Níor thráth foighne agam é.

'Ní thiocfad, a fheara na feille, go biotha síor!' a deirim ar deireadh leo anuas as an mbile.

Choinnigh orthu ansin do mo phlámás le bánbhriathra binne ach iad ag iamh i gcaitheamh an ama im an mbile nó gurbh éigean dom ar deireadh éirí go héadrom aerga i mo réim ró-reatha as an áit sin amach nó go ndeachas thar Banna siar go Cill Ria gur thuirling i mbile na cille ann. Imeacht as an áit sin ní dhearnas.

IMEACHT AS DOS DÍDIN CHILLE RIA NÍ dhearnas go ceann trí lá agus trí oíche: dá mba mhór féin an faoiseamh dom ar deireadh an imeacht sin, b'fhánach an fos óir níorbh fhada go raibh ina fhearthainn agus ina fhuarbháisteach arís, ina dhíle dhearóil, ina thromdhíle chomh tréan is nárbh fhiú treabhlaid ná trioblóid an duaircdhídean — fuacht go smior, fuar-nimh go smúsach. Shíleas éirí go ngorainn mo chual cnámh ach laige ná lúth ní ligeadh sin liom. D'fhuirigh, ó ba dhíth, i mo chrua-chnap — bog báite — go haiteall adhmhaidine. Néal ní dhearnas ach ag bogadaíl anonn is anall mar shail idir dhá uisce: babhdán i mbarr bile, oisre in íochtar trá. Mé Suibhne, sirtheachán suarach — rí gan ríocht, lao gan léis, án gan oidhre, a deirim liom féin. Dona deacrach díblí mo dhán! Troime liom buille na buile ná turnamh na dtréan! Suaraí scéal mo bheatha-sa ná ar éirigh anallód d'Éabha aoibhinn ná d'Ádhamh Oll-Athair féin. Tuán Mór mac Cairill, níor shaothraigh na seacht saol mar atá an saol duthain seo saothraithe ag Suibhne! Féach anois mé: i m'fhear gan féar gan fothair feasta ós í an díle dhochrach dheacrach seo anois mo dhán ós mé anois an gheilt ghann ghortach i gcóngar is i gcéin.

Crua an croí nach ndéanfadh trua
Don té sin a choill a chéill,
Le lonrú lae ina rí go mbua,
Ina gheilt ar luí don ghréin.

II

AN DARA LING

B'IÚD ANOIS MÉ ... I MO GHEILT. BLIAIN mhór fhada dom ag teacht is ag imeacht seachnóin na hÉireann ar mo theitheadh is ar mo thréan-seachaint uathu siúd nár díobh mé agus ón díorma lenarb áil mo bhás. Gach lá dom ó inbhear go hinbhear, ó bhinn go binn, ó ghleann go gleann, ar ceilt is ar ciúinfholach i ndosa urarda eidhinn, i scailpeanna crua-charraige, agus i gcuasa caolchúnga crann. Tuirlingt ní dhearnas ón mbaotheitilt sin nó go ránag ar deireadh Gleann bitháilainn Bolcáin, dionn dín is dídin gealt nÉireann. Aoibhinn aerach an áit: ceithre dhoras air, roschoill ró-álainn róchaoin ina lár, toibreacha taobhghlana faoi bhiolar barrghlas, fuaráin fhionnfhuara go bhfoirbh-uisce íonghlan, glaisí gaineamhghrinnill glanuisce faoi fhochlacht fhannfhada ar a fhud. Líonmhar a shamhadh agus a sheamsóg, a lusa bian is a bhiorragáin, a chaora is a chreamh, a mheille is a mhiodhbhun, a dhlúth-airní dubha is a dhearcáin dhonna.[2] Is iomaí lá a chaitheas

[2] Tá cur síos le fáil san Iarfhocal ar na plandaí seo.

luite siar ar an léana lánaoibhinn ann gan uídh gan imní gan mhioscais gan mhairg:

Gleann Bolcáin an tobair ghlain,
Sin é an áit a bhfanaim,
Ó thig Samhain, ó théid samh,
Mo mhórghnáth air ní hannamh.

Gach a sirinn thiar is thair
I ngleannta Ghleanna Iobhair,
Bíonn síon crua-shneachta im' cheann,
I ndíon fuar-ghealta Éireann.

Is é sin mo ghleann grádha,
Sin é m'fhearann comhdhála,
An dún rán rí is íon linn,
Sin é mo dhíon ar dhoininn.

Seo é mo lón istoíche:
Cnuasach mo dhá chrobh choíche,
Bainim i ndoirí dorcha
Luibhre is torthaí sorcha.

Is toil liom mónóga baoth-láin,
Milse iad ná na maotháin,
Feamar is fochlacht mo mhian,
An biolar is an lus bian.

Úlla, caora, coll-chnó cain,
Sméara, is dairmheas ón rail,

Subha craobh — is fiach féile!
Sceachóirí sceiche deilg-ghéire.

Seamsóg, samhadh, creamhlus cain,
Agus biolaráin bharrghlain,
Bainid díom ocras feille,
Dearcain sléibhe, bun meille.

A chuileann cluthar is a chaill,
Duille, dreasa, is dearcain,
A sméara áille uagha,
Cnónna, is airne fionnuara.

Uisce Ghlinne Bolcáin báin,
Éisteacht lena éanlaith iomláin,
A mhilis-shrutha nach mall,
A inseán i lár na habhann.

Iomad a chuan faoi chrannaibh,
Binnbhúireach na ndamh allaidh,
A íon-uisce án biol-ghais,
Liomsa níorbh é ba mhioscais.

Mo mhórghnáth air ní hannamh,
Ó thig Samhain, ó théid samh,
Sin é an áit a bhfanaim —
Gleann Bolcáin an tobair ghlain.

MÓR IDIR OÍCHE IS LÁ SA nGLEANN ÓIR dár mhinice leis na gealta a bheith ag tuargain is ag tolladh a chéile as saint i mbiolar an ghleanna sin le solas lae, ba sheacht minice leo a leithéid tráth ba thiar don ghréin. Sin é an t-am a dtosaídís ag léim is ag lingeadaíl ó thom go tom, ó chrann go crann, ó mhuine go muine ar thóir maothleaba chluthair dóibh féin i gcomhair na hoíche. Iad siúd ab fhaide sa ngleann ba thúisce a d'fhághadh áit suain — agus an leaba ab fhearr dá réir — agus gan ag an gcuid eile againn ach ceann fá eite, codladh ar craobh, nó dúiseacht faoi dhos le breacadh lae.

Oíche dá rabhas ann gan d'fháir agam ach barr eidhinn sceiche gile, bhí ag cinneadh orm aon néal a chodladh. Ba dheacair dífhulaing mar leaba an áit úd óir gach cor is gach car dá gcuirinn díom, b'iúd anuas le m'ais fras de dhúr-dhealga dubhghéara do mo tholladh agus do mo threaghdadh agus ag comhghoin mo chnis. Amach liom as an áit sin go ndeachas i mbarr crainn eile, an draigheanchraobh mhór mhillteach a bhí ag fás as an motharmhuine mhórdhriseach mhíndeilgneach aníos. Ba bheag idir é mar áit suain agus barr eidhinn na sceiche gile ach is ann ab éigean. Níorbh fhada ar bharr na craoibhe caoile sin dom gur stang agus gur lúb sí fúm gur caitheadh anuas i ndiaidh mo mhullaigh tríd an muine mé gur thiteas i mo chnap ar lár, gan orlach díom ó bhonn go baithis nár fágadh gan fuiliú gan fordheargú. Amach liom gan urra gan éitir as an muine. Mo chúis éamh, a deirim liom féin, ach is deacair an bheatha seo a fhulaingt tar éis na dea-bheatha a chaitheas tráth ba rí.

AN CHÉAD BHLIAIN AGAM SIN IN ÉAGMAIS mo mhuintire, gan mhac, gan iníon, gan mhnaoi, i m'aonarán i measc gealt, i m'aonarán faoi cheithre corra cealgacha na cruinne cé, crua-ghleo an chatha ag uallfairt agus ag éamh i mo cheann i dtús lae agus arís i ndeireadh oíche. Cén t-achar mar seo mé? Bliain gus an oíche aréir, creidim. Bliain gus an oíche aréir? Nach dom is céad mairg!

Le bliain gus aréir
Dom, faoi chiamhair chraobh,
Idir tuile is trá,
Gan tuí faoi mo thaobh.

Gan cearchaill faoim' chionn,
Idir feara finn',
Mór an baol ós mé
Gan faobhar gan rinn.

Gan comhluadar ban,
Ach fochlacht na bhfiann;
An úrphroinn íon ógh,
An biolar, mo mhian!

Gan ruathar le rí,
Im' aonar im' eol*
Gan airgne* go hán,
Gan chairde gan cheol.

Gan chodladh, monuar,
Mo léan ach is fíor!
Gan chabhair go cian,
Is doraidh mo dhíol.

Gan teach a bheith lán,
Gan caint na bhfear fial,
Gan 'rí' liom á rá,
Gan lionn is gan bhia.

Trua mo scaradh sonn,
Lem' shlua trealmhach trom,
Im' gheilt ghéir thar gleann,
Gan chéill is gan chonn.

Gan bheith ar cuairt rí,
Ach ruaig ar gach raon:
Sin í an mhire mhór,
A rí nimhe naomh!

Gan aos comhlán ceoil,
Gan comhrá le mnáibh,
Gan tionlacan séad:
Mar éag, a Chríost cháidh!

Do bhíos-sa féin feacht
Ar fhearann nár bhocht.
Ba neamhfhann mo neart
Cé beo dom anocht.

Ar eacha go hán,
I mbeatha gan bhrón,
Ar mo ríocht faoi bhail
Bhíos im' rí mhaith mhór.

Bheith mar 'táim 'na dhiaidh,
Dod' chreich, a Chríost cháidh,
Im' bhochtán gan bhrí,
I nGleann Bolcáin bháin.

An sceach nach maoth barr,
A thraoith mé is a tholl,
Suaill nár thug sí m'oidhe,
An chraobh draighin dhonn.

Ó thit Conghal sa gcath,
Is liach dúinn go deo,
Ón maidhm ar an Máirt,
Mó dínn marbh ná beo!

Ar faoinneal go fíor
An té ba shaor séimh,
Táim triamhain trua,
Le bliain gus aréir.

Isteach liom sa muine dheilgneach ansin agus suas arís sa draighean. Chuachas mé féin isteach faoi chlúmh na gcraobh gur fhéachas le néal beag eile a scaoileadh tharam go scor díleann ar maidin. Ní róísliú go rí-ísliú, a deirim liom féin, ní titim go titim na dtréan. Ní easpa go díth na ndlúthcharad, ní buile go crapall na gcrann. Dona deacrach díblí mo dhán. Cén t-ionadh mo bheith i bpéin?

THÁINIG NA LAETHANTA AGUS D'IMIGH na laethanta. Dár uaigní mé i ndiaidh mo chlainne, ba sheacht uaigní mé i ndiaidh Eorann álainn — mo shearc is mo mhian ón gcéad lá úd ar leagas súil uirthi i bhfochair a hathar, Conn Ciannachta. Ise is túisce a ghin ionam an áil ainriata gur iompair dúinn an dís trí ráithe. Ar a tóir dom de luadar lae is d'aistear oíche, ní bhíodh slí dá siúlainn ná súil dá sillinn nach í a d'fheicinn os mo chomhair ann, mar a shíl mé. Lá de na lánlaethanta lorgaireachta úd dár chaitheas á sireadh is á súr ar fud na seacht ríochtaí, siúd thart mé le huachtar Sléibhe Fuaid, le Sceireach Chinn Ghlinne, go hÉadan Tairbh. Suas liom ar craobh ann go ndearcainn uaim dreach is déanamh an iatha aineoil eachtartha úd. Cé a d'fheicfinn uaim i gcoim an ghleanna thíos, ag fiach is ag fiasheilg, ach Guaire mac Conghail Chlaoin mhic Scannláin. Thugas gráin dó láithreach, don ghruagach gránna graosta — tuige nach dtabharfainn! — ós dó féin, agus dá dhearthháir Eochaidh, a tugadh ríghe Dhál Araidhe ó chuas féin le craobha. Ach dhallas mo shúil ar deireadh ar an radharc úd gur dhúnas mo chroí ar ghráin is ar ghéar-éad óir nárbh fhearrde mo mhéin an maithiúnas, nárbh fhearrde mo chonn an chiall dá réir, a deirim liom féin. Nach mór an trua an té a bheadh taobh leat, a Ghuaire ghránna, a deirim liom féin ar deireadh, gur ghluaiseas liom arís ar thóir mo chéad searc.

Trí trátha truacánta tréanghealtachta nár ghiorra ná naoi lá dom ar a tóir mar nach ligeadh lúth mo ghéag ná láth m'intinne dom tadhall le talamh ar feadh an achair le teann faitís is fíor-eagla roimh lucht líonmhar mo ghéarleanúna. D'éis achar aimsire le tairdeal is le tachar, thánag chuig an áit a raibh m'Eorainnín álainn, an chithineach gan cháim: i gcuideachta a bantrachta i mbun aoibhnis is áineasa in áras áirgiúil de chuid Dhál Araidhe. Seal nár shuaill i bhfolach sa muine dom á breathnú go ciúin cúlráideach nó gur dhruideas anonn ar deireadh go fardoras na boithe ina raibh.

'Mairg nach ndearnas do chomhairle, a Eorann!' a deirim liom féin os ard.

Chugam de ghlór gairdis: 'A Shuibhnín!'

'Mairg nach ndearna do chomhairle an lá úd ar

Mhaigh Rath, a Eorann,' a deirim ansin léi, 'nuair a rugais ar bhinneog mo bhrait do m'fhostú.'

'Is mairg, go deimhin.'

'Mairg nach ndearna do chomhairle, a stór, ón gcéad lá.'

'Is mairg, muis, ach ní raibh sé i do chinniúint, a Shuibhne, a mhalairt a dhéanamh óir nárbh é fáidh na fírinne féin, Colm Cille, a rinne an tuar sin duit i bhfad Éireann sular casadh Rónán i do bhealach?'

'Más é barr buach Ghartáin a thuar, ní hé a thug i gcrích ... ach Rónán Fionn an Díoltais.'

'Léanmhar an lorg a lean díot d'aithle na mallachta, a Shuibhne.'

'Léanmhar ón!'

'Ach druid anall, a Shuibhnín, go gcífead i gceart thú.'

Isteach liom ansin ní ba ghaire di. Uafar an t-amharc di mise, míofar mo mhaise-se lena hais sise — scoth na scéimhe.

'A Shuibhnín, nach mór an díol trua thú agus an chuma seo ort?'

'Ní beag.'

'A chréatúir, ach céard a d'imigh ort nó cá bhfuil do dhírchruth is do cheartdeilbh féin?'

'Ar pháirc an áir a fágadh.'

'Mo dhiomú do pháirc an áir ós í an léana léin í! Ach abair liom, a Shuibhne, cá mbíonn tú nó cá gcodlaíonn tú idir dhá ré?'

'San áit a bhféachaim suan.'

'Agus céard is lón duit?'

'Dil den bhiol agus dlaíóg den bhiolar, a ghrá.'

'Agus céard is buar anois duit, a Shuibhne, ó chaillis do shaibhreas is ó cuireadh ó mhaith thú?'

'Buar? Is é an biolar barrghlan mo bhuar anois agus feasta.'

'Meá?'

'Meá? An t-uisce íonghlan.'

'Comhluadar?'

'Comhluadar? Na crainn chrua-loma chliothar-dhlútha mo chairde is mo lucht luadair anois agus feasta.'

'Agus an grá ... céard faoin ngrá, a Shuibhnín?'

'An grá? Ón éanlaith feasta, agus le fada, a thagas chugam an grá.'

'Bocht an scéala, a Shuibhne.'

'Bocht gan bhréig.'

'Sáil nó ansáil, a rún?'

'Sáil duitse, ansáil domsa. Ciall duitse, éigiall domsa. Comhluadar duitse, dírluadar domsa.'

'Is fíor sin, a Shuibhne,' a deir sí ansin gur dhruid anall chomh fada liom gur leag orm lámh lách ... leamh.

'Teara i leith, a pheaitín fáin, go ní tú do ghoradh anseo linn.'

'Troigh mo chos, ní thiocfad.'

'Tuige sin?'

‘Ar fhaitíos mo chuibhrithe, i gcúinge an tí, ag an slua seo istigh.’

‘Ag an slua seo istigh nuair nach bhfuil ann ach mé féin agus an bhantracht? Cén chiall sin, a Shuibhne?’

‘Cén chiall? Cá bhfios?’

‘Ní fó sin,’ ar sise ansin go fonóideach fochaideach i mo dhiaidh, ‘nuair nach biseach ná feabhas a théann ar do chéill gach lá dá dtig duit, a Shuibhne, ach a mhalairt.’

‘Ní hea, a Eorann án, ní hea ná é, óir tá a údar agam. An fíor a gcloisim, a Eorann án, gur feis feasta duitse le Guaire mac Conghail Chlaoin mhic Scannláin?’

‘Is fíor, mo léan, a Shuibhne shuairc.’

‘Trua liomsa an scéala sin, a Eorann.’

‘Seacht dtrua liomsa, a Shuibhne sheing.’

‘An cuimhin leat, a chnó mo chroí, an grá rómhór a thugamar dá chéile agus sinn araon?’

‘Go héag dom, a Shuibhne, agus go hearr aimsire dá éis dá bhfaighinn é, is buanchuimhneach liomsa an uair sin.’

‘Is buanchuimhneach leatsa an uair sin agus go héag dá éis, a Eorann, agus tú ar feis leapan feasta le fear eile! Suanach sáil duit sin, a ghrá, suanach sáil!’

Suas liom ansin de léim uaithi sa mbile. Ansiúd dom go ceann scaithimh.

Suanach sin, a Eorann án,
Ar do leaba led' leannán!
Ní hionann domsa abhus,
Is cian dom ar anbhforas.*

Roinnis liom, a Eorann oll,
D'aitheasc — b'álainn is b'éadrom:
Nach mairfeása buan ná beo
Lá ná oíche gan Suibhne ó!

Is suaithní inniu, go prap:
Beag leat brí do sheancharad!
Cluthar duit faoi chuilce chaoin,
Fuar domsa amuigh go camhaoir!

Arsa Eorann:

Mochean duitse, a gheilt ghlan,
Tú an fear is fearr ar domhan!
Cé suanach, is lag mo bhrí,
Ó chualas do bheith ar neamhní.

Deirimse:

Is fearr leatsa pé mac rí
'Dháileas ort ól gan imní,
Eisean do thochmharc togha —
Ní háil libh do sheanrogha.

Arsa Eorann ansin:

Mac rí, dá mbéarfadh leis mé,
Ar coirm gan chol go lá glé,

B'fhearr liom feis i gcaolchuas crainn
Leat, a fhir dhil, dá bhféadfainn.

Dá bhfaighinnse mo rogha féin
D'fheara Éireann is Alban séin;
B'fhearr liom 'bheith leat féin gan chol,
Beo ar bhiolar, beo ar bhiol!

'Beo ar bhiolar, beo ar bhiol? Caint gan chéill,' a deirim ansin léi, 'óir dá mba mise do rogha-sa fir, níorbh é an torathar tláithlag úd mac Scannláin ba chéile leapan duit, a Eorann, ach mise, más geilt ghann ghortach féin mé! Ach nach cuma sin anois nuair is léir, a Eorann, nach conair do dhea-bhean ghnaoi an lorg imní seo a leanaimse óir is fuar í mo leaba-sa in Ard Abhla anocht agus ní tearc iad m'fhuar-árais dá réir! Óir dá mhéid is mise an gheilt gharbh ghortach, an t-uathach uamhnach urnochtach, is mó is córa duitse searc is grá a lorg le do ghruagach gránna agus fanacht uaim feasta!'

Arsa Eorann:

Monuar ámh, a gheilt ghníomhach,
Go bhfuilir éidigh imníoch,
Is saoth liom do chneas gan dath,
Dreasa is draighin dod' réabadh.

Deirimse:

Ní cásamh é, a Eorann,
A mhaoth-ainnear bheo-fhann,

Críost mac Muire, crua an ceacht!
Eisean faoi ndeara m'éineart.

Ar sise ansin:

Is liom ba mhaith ár mbeith araon,
Go bhfásfadh clúmh ar ár dtaobh!
Shirfimis an saol sorcha,
Go suanach go díth dorcha!
Suanach sin, a stór, a Shuibhne, suanach sin!

'Ní suanach, a Eorann, a stór, ná é óir céard is dán dom feasta ach síorghiorrú saoil agus scrios sleachta, díothú díne is cac ar craobha, is cine-choilleadh! Óir cén chiall mise a bheith do mo chiapadh féin i ngeall ortsa nuair is fearr leatsa feis le Guaire gránna graosta, mac mo rí-sheise féin?'

'Ní gránna ná graosta dó ach dána agus ciallmhar. Cén rogha a fágadh agam, a Shuibhne? Mo chlann a thógáil ina ndeibhleáin Dé, ina ndeoraithe dearóile ó dhún go dún ar lorg dídin, fearacht a n-athar?'

'Fearacht a n-athar, an deoraí dearóil?'

'Is ea, a Shuibhne, fearacht a n-athar.'

'Fearacht a n-athar? Síorshaighead i gcoirthe a bheith leat, a Eorann, ó deir tú sin.'

'Síorghoin i mbeo a bheith ag éisteacht leatsa, a Shuibhne.'

'Fánach an mhaise, más ea.'

'A Shuibhne sheing, más mar siúd anois agus feasta duit, agus ó nach áil leat fanacht againn go nímis rud ort, bog leat agus ná háitigh chugainn ar chor ar bith feasta!'

'Ná háitigh chugainn ar chor ar bith feasta, a Eorann? Cén aistíl, cén dásacht, cén ghealtacht sin ort féin, a Eorann, agus a leithéid a rá? An é nach n-aithníonn tú feasta mé, a leath mo lámh? Mé Suibhne, do Shuibhnín séanmhar suaircmheanmach féin!'

'Ba tú sin tráth, ach ní thú sin feasta óir táir anois i do gheilt gan chonn chomh mór agus gur náir linn thú le feiceáil faoin duaircdheilbh seo acu siúd a chonaic thú faoi do dhírchruth is do cheart-deilbh féin tráth ba shlán duit, tráth ba shlán dár gcumann.'

'Tráth ba shlán dom féin? Tráth ba shlán dár gcumann? Nach gearr go hathrú béasa?'

D'éiríos ansin — go n-imeoinn — gur chualas an glór:

'A Shuibhne shéimh, ach a dtaga chugat do chiall arís, cá bhfios nach dtiocfá do m'fhéachaint arís?'

'Do d'fhéachaint arís, an ea, a Eorann, a leath mo shúl? Ag féachaint a chéile arís, sinne a shil ceartshíol Chlainne Colmáin (mar a shíleamar) mar réama rachmaill le chéile tráth ba shlán dár gcumann? Ní thiocfad, a Eorann án, agus is trua sin, óir go dté grian go grinneall, ní leagfaidh ceachtar againn súil ar a chéile arís, is é mo léan le rá é.'

'Trua liomsa an chaint sin uait, a Shuibhne.'

'Seacht dtrua liomsa í, a Eorann, óir ba tusa tús

gach laoi agus deireadh gach oíche agamsa — tráth ba shlán dár gcumann!'

'Ós mar siúd atá, a Shuibhne, déan do bhuan-ghoradh feasta le bladhm do bhaosra féin óir ní ar do dhírchruth ná ar do cheartdeilbh duit, is baolach.'

'Ó, a chroí bhrúite bhriste chráite, a Eorann, ach is leor sin de thrua feasta! *Tosach seirce cogar, deireadh seirce cáineadh!* Anois tráth a dhearfa agamsa. Imím!'

III

AN TREAS LING

MAR A CHUAIGH CAITHEAMH AR AN gcéad bhliain sin i ndiaidh an áir, chuaigh críonadh ar an aimsir dá éis. Ba ghearr gur shlán seacht mbliana ar gealtacht gan charaid gan chompánach seachnóin Éireann dó. Lá uaigneach eile dár ársaigh le linn an tseachnóineachais sin, tháinig Suibhne bocht go Gleann Bolcáin arís. B'fhada leis ó sheas ann go deiridh óir dá sireadh sléibhte an domhain doinn, b'fhearr leis leaba ansiúd ná a raibh de rí-árais ró-sciamhacha faoi rothaí glé na gréine. Sa ngleann aoibhinn aerach úd, an áit ab aoibhne oiriseamh agus áitreabh leis thar gach airm is ionad eile dá raibh in Éirinn, a bhí a dhaingean tearmainn is a dhúnáras cónaí. Ba chuma cá mbíodh, is ann a théadh, tráth truamhéala is urú intinne, tráth ab easlán dá mheanma, tráth a dtagadh chuige gan choinne ag uallfairt is ag éamh ina cheann crua-ghleo catha agus tuargain troda! Oíche dár ársaigh ar scailp na spéire, siúd i mbarr bile Suibhne i nGleann sin Bolcáin, a dhá shúil mearaithe ó shíorfhéachaint na caoire aduaidh, agus é ag marana ar na seacht mbliana a bhí caite ó chuaigh sé ó chaidreamh daoine amach ar an uaigneas.

Tosach sláinte codladh? a deirim liom féin. Cén t-iontas mo shláinte á reic! Le breacadh lae a dhúisíos. A leithéid de mhochéirí! A leithéid de reanglamán ina sheasamh fúm thíos. Thugas aithne ar an bhfear fíochmhar feochanta úd — Loingseachán! Loingseachán Loinneach Liosta. Ansiúd ina sheasamh é, mar a bheadh brocaire bréan ann, ag smúrthacht is ag srónaíl, ag féachaint is ag fiach nó go bhfuair ar deireadh lorg mo bharraicíní ar bhruach na glaise san áit a gcaithinn an biolar ba lón dom. Fuair sé sin, ach má fuair, ní bhfuair sé mise!

Ní bhfuair, dar m'anam, ní bhfuair!

'Cé hé ?'

Mise, a dhuine! Nach raibh mise mé féin ann? Mac máthar duit é, a Shuibhne, agus a mhórdheithide duit dá réir, nó an é nach cuimhneach leat sin ach oiread?

'A mhórdheithide dom dá réir? Ní cuimhneach.'

D'eile, a Shuibhne, óir na trí mhórchuarta a ndeachais ar gealtacht ó cuireadh an cath, ba é Loingseachán Liosta a thug ar ais thú go dúiche dhaonna. Seacht mbliana ar an gcúram sin dó, a Shuibhne, agus seacht mbliana tusa ag éalú uaidh!

Seacht mbliana? Seacht mbliana ann nó as, ní bhéarfaidh sé orm, a deirimse liom féin agus leathshúil agam i gcaitheamh an ama air. Nuair nach bhfuair tásc ná tuairisc orm, d'imigh leis chuig taise tí a bhí i gcoim an ghleanna thíos. Anuas liom féin ansin as an mbile gur leanas go ciúin cúramach dá dhlúthlorg gur tháinig chomh fada leis an sean-iúr a bhí le taobh an tí sin. Isteach leis féin sa seanteach nó gur thit a shuan air istigh ann. Ba ghearr ina dhiaidh gur chualas an srannadh — agus tabhair srannadh air! — go ndearnas an crónán beag seo liom féin:

An fear le fraigh — ligeann srann,
Suan mar é? Suan nach lámham!
Seacht mbliana ón Máirt ar Mhaigh Rath
Gan tionnúr dom ó bhíos sa gcath.

Chuig an gcath cró úd, mo chreach,
Dar Crom, do chuas sa mbrisleach;
'Sé Suibhne Geilt m'ainm ó shin,
I m'aonar dom i mbarr eidhinn.

Biolar thiobrad Droma Ceirp,
Is é mo shásadh um theirt;
Is aithnid ar mo ghnúis a ghné:
Suibhne Geilt — is fíor gur mé.

Is dearbh gur mé Suibhne Geilt,
Déanaim suan faoi chaomhnú ceirt*
Im Shliabh Liag dar leathan cló,
Mo sheilg ann ag fir nach fó.

Nuair ba mise Suibhne Sruith
Ba ghnách mo shuí i bhfianbhoith;
I seisc, i seascann, i sléibh,
Dhíolas m'eol ar idirchéin.

Aitimse an rí seo thuas
Nár ghnách leis riamh an géar-chruas:
Cúis mo churtha as mo riocht?
A mhéid a bhíos ar éigiort!

Fuar, fuar dom ó nach maireann
Mo cholainn san eidheannchrann,
Fearann air mór de shíontaibh,
Agus mór de thoirneachaibh.

Cé beo dom ó bhinn go binn,
Insan sliabh os an iúrghlinn;
Trua gan mé ar lár go faon
San áit ar thit Conghal Claon.

Is minic dom sonn faoi ong,
Cian as seo mo theachín toll;
Ní laoch mise ach geilt ghann!
Dia a d'fhág mé gan arann.

Biolar glas mo chuid gach tan,
Deoch is dil den uisce ghlan —
Ólaim sin, ní dhéanaim greann,
Ní hamhlaidh don fhear úd thall.

Idir beanna Cuailnge saimh,
I measc na gcuan le teacht gaimh,
Faoi chéibh choille moch is mall,
Ní hamhlaidh don fhear úd thall.

Gleann Bolcáin dil, béal le gaoth,
I ngaireann geilte is baoth,
Ní chodlaím ann, liach linne,
An fear le fraigh? Mó trua sinne!

Mó go deimhin de dhíol trua mé féin ná fear na fraighe úd thall, a dúras liom féin, agus as liom ar cosa in airde gur chaitheas an lá sin, mar ba dhíth dom, ó chrann go crann is ó chreig go creig go raibh seacht strácaí d'Éirinn siúlta agam ar dhul i gcré don ghréin le fuineadh néal nóna an lá sin. Nuair ba thiar uilig di, dhreapas an bile go ndéanfainn mo néal. Más fada gearr ansiúd dom, ní cuimhneach liom. Amach go maith in olluaigneas na hoíche, an ré ar a droim is a dhá cois san aer, chuir sianán scréachóige as mo chodladh mé. D'éiríos aniar gur bhreathnaíos amach fúm is tharam ar thóir an éin ach ní raibh le feiceáil agam ach púir thanaí dheataigh ag éirí san aer as coire an tsléibhe aníos. San áit a mbíonn dé, a deirim liom féin, bíonn lucht a lasta.

TOSACH TEITE EOLAS EASCARAD. ANUAS liom le teann fiosrachta as an mbile go ndearnas mo bhealach le fána an ghleanna síos chomh fada le dú deataigh. Muileann annamh feidheartha ar mo chionn ann. I mo sheasamh os comhair an dorais dom nuair a labhair an glór:

'Bí istigh, a thrua!'

Seanchailleach chríonta ina crap sa gclúid ann. Má gheiteas féin, cos níor chorraíos le teann uamhain is ureagla roimpi. Scaitheamh dom á silleadh nó gur thugas aithne ar deireadh ar an té a labhair — Lonnóg iníon Duibh Díthreibh, máthair na mná ba chéile do Loingseachán.

'Fada do theacht, a Shuibhne!'

'Fada gur thángas, a Lonnóg!'

'Más fada gearr....'

'Más fada gearr! Cén áit é seo?'

'Muileann Loingseacháin. Mise is muilleoir dó.'

'Muileann Loingseacháin? Mór idir muileann is muilneoir, a mhuilleoir!'

'Is fíor sin ach ní tráth tathaoire é! Garbh gortach an gheilt thú, agus ós ea, cén lón ab áil leat, a thrua?'

'Lón áil, an ea? Íotach ocrach le fada mé. Subhach sách feasta mé ach mionmhír nó dhó a fháil uaitse, a bhean chóir, nár éar neach im ní riamh.'

'Nár éar neach im ní riamh? Binn é do bhladar, a Shuibhne, ach ní suairc é do spleáchas!'

'Géar é mo ghorta! Mionmhír, a chailleach, mionmhír!'

'Beidh sin agat anois agus feasta ach teacht chugamsa le díshorchú gach lae.'

'Anois agus feasta? Tiocfad, a Lonnóg, ar choinníoll nach ndéanfair feall ar iontaoibh ar Shuibhne.'

'Feall ar iontaoibh? Ar Shuibhne?'

'Is ea, óir cá bhfios domsa nach dtiocfair arís i mo leith, ar uair mo mheallta, ar uair mo chriogtha, ar uair mo bhasctha?'

'Ní fios. Ach ocras nó ocastóireacht anois agat é?'

'Ní thuigeann ocras bolg folamh, a chailleach!'

'Nach minic ráite é. Ar a chéile, más ea, is ceart a ndruidim, a Shuibhne, ar a chéile.'

AR AN ORDÚ SIN DOM AG TEACHT LE hurthosach oíche go bhfaighinn leordhíol lae de mhionmhíreanna méine ó Chailleach an Mhuilinn i ngan fhios do Loingseachán. Ba mhaith an lón an feadh a mhair, ach ba ghearr dá réir a sheasamh óir níorbh fhada go bhfuair sé féin tásc mo dhála. Cúig lá dhéag dá éis sin, agus mé i mo luí le sruthán an mhuilinn le dúchan oíche, ag fuireach nó go dtéinn ar cheann mo mhíre méine, go bhfacas anuas le fána an chnoic an leadaí longadánach liosta. Ar cleith liom uaidh isteach faoi thóchar an mhuilinn síos lom láithreach.

Isteach leis féin sa bhfothrach chun cainte le Lonnóg.

'Go mairir, a bhuime mhór!'

'An céanna duitse, a Loingseacháin leamh!'

'Fada ó....'

'Fada ón!'

'Scéala leat?'

'Scéala cheana! Ar lorg Shuibhne — mo dheartháir dílis féin — atáim. B'áil liom scéala uaitse má tháinig chugat anseo, a chailleach, don mhuileann.'

'Má tháinig chugam anseo, don mhuileann, an ea? Tháinig, éamh. Go déanach aréir dó sonn go deiridh gur thugas dó míreanna beaga a bhainfeadh de an t-ocras.'

'Gnách nó annamh leis sin, a Lonnóg?'

'Gnách ... ó chuaigh ré i mbéal ceathrún.'

'Ó chuaigh ré i mbéal ceathrún, a deirir?'

'Ó chuaigh ré i mbéal ceathrún, a deirim.'

'Ina ceathrú dheiridh anocht di.'

'Ina ceathrú dheiridh anocht di, más ea.'

Ina shioscadh eatarthu ansin. Ansiúd dom féin seal nár shuaill go bhfacas ar deireadh an toirt longadánach liosta ag tabhairt an dorais iata amach air féin. Loingseachán! D'fhuireas ann nó gur shíleas é a bheith ar shiúl. Isteach liom ansin — le Suibhne seafóideach simplí — sa muileann dubh dorcha. Méar faoi shúil níor léir dom ach mé ar dallchéim nó go bhfacas ar deireadh an dá luathshúil loinneartha faoi scáth na ceirte. Gheit mo chroí nuair a thugas aithne ar fhear na súl — Loingseachán — agus ceirt na caillí caite anuas aige ar a chloigeann cáidheach. Ba thráth teite. Lingeas ling luaineach luath ar shiúl uaidh i gcéaduair trí fhorléas an tí amach gur thuirlingeas sa mbile amuigh. Amach leis féin i mo dhiaidh.

'A Shuibhne shéimh, cén t-údar duit an lingeadaíl luaineach seo? Mé Loingseachán, do dhildeartháir féin.'

'Ní thú, dar fia, mo dhildeartháir féin ach Loingseachán liosta, mo chomhalta! Mór idir comhalta is deartháir, a dhuine, ní áirím dildeartháir! Ní beag is trua liomsa an cor danartha úd agat, an t-amas nathartha seo a thugais orm agus ceirt na caillí a chur anuas, do mo mhealladh, ar do bhráid! Is liosta leanúnach duit a bheith do mo gharleanúint is do mo ghéarthafann as gach ionad is dile liom in Éirinn. Cén t-údar duit sin, a Loingseacháin?' Deirim ansin leis as an mbile anuas:

A Loingseacháin, is liosta sin,
Labhairt leatsa ní thig linn,
Mé níor lig Rónán taobh leat,
Ó chuir sé mé ar míchreat.

Theilgeas-sa urchar gan ádh
As lár an chatha ar Rónán,
Gur ghlean — sa gclog úd — istigh,
A bhí ar ucht an chléirigh.

Tráth ar theilg an t-urchar án
As lár an chatha ar Rónán,
'Cead duit,' arsa'n cléireach cain,
'Bheith feasta araon le héanaibh!'

Is ansin a lingeas suas,
Ar shiúl san aer eadarbhuas,
Níor lingeas léim le mo bheo
Ab airde ná ba thréine treo.

Dá raibh ann an mhaidin mhuaidh*
Ar an Máirt tar éis an Luain;
Níorbh uallaí neach ná mise ann
Le hais aon óglach dem' dhream.

A gcím ann, is ionadh liom,
A fhir a dheilbh an lá fionn:
Ceirt na caillí sonn ar lár,
'S dhá shúil luatha Loingseachán!

Níor shlán do mo dhán óir siúd ansin Loingseachán liom:

'Más binn blasta as do bhéilín é, a Shuibhne, chualamar cheana é, a chaitín dhóite! Le haer a théann a leithéid, a Shuibhne, le haer!'

'Más le haer nó le húir é, a Loingseacháin, is mór is trua liomsa an mheabhail ab áil duitse a imirt ormsa. Ná bí do mo thochrá níos mó ach tabhair d'aghaidh siar ar do bhaile féin go dtéimse romham as an áit seo amach go fearann a bhfaighfead fos is faoiseamh uaitse is ó do leithéidí ann!'

Go héadrom aerga as an iúr úd amach liom i mo réim ró-reatha gur chaitheas fuíoll na fuaroíche sin ag imeacht romham ó bhile go bile is ó choill go coill go ránag ar deireadh le feascar arna mhárach go Ros aoibhinn Earcáin. I mbarr bile dom an oíche sin, agus as sin go ceann coicíse dá éis, gan neach do m'fheiceáil lena linn. Liúradh is leadradh mo cholainne ag síor-bhualadh doininne ba chuma óir ba leonta léanmhar mo chroí. Seal nár shuaill ansiúd dom — níorbh fhaide bliain ná lá, níor shia seacht mbliana ná seachtain — go bhfacas ógfhear suairc de bhunadh na háite ag dul thar bráid lá n-ann gur chuala ag snaofairt i mbarr bile mé. Snaofairt ní ceilte, sceitheadh ní seachanta — ba ghearr go raibh ina scéala coiteann ag maithe Dhál Araidhe go raibh Suibhne Geilt ar fáil. Comhairle gan mhoill dóibh: duine a chur do mo ghabháil. Cé eile a thiocfadh ann, mo léan, ach Loingseachán? Nuair a tháinig fios scéala chuig Loingseachán, ghabh sé do láimh — agus a theanga bheag amuigh aige (mar a mheasaim) — teacht gan achainí gan iarraidh ar an toisc sin. Maidir liom féin, nach cuma cén ní ba mheasta dom óir b'iúd i gceann trí lá faoi mo dhéin é agus mé gróigthe ar craobh san iúr os a chionn.

'Táthar ann arís, a Shuibhne!'

'Táthar sin, a Loingseacháin leamh!'

'Trua sin go deimhin, a Shuibhne,' (drandal éagnach an mhagaidh air) 'gurb é d'iomthús is d'iardraí a bheith mar atáir: gan bhia, gan digh, gan éadach, gan éadáil, ag imeacht romhat mar gach athaid aeir ar feadh an domhain doinn, ó inn go hinn, is ó chreig go creig, i do shirtheachán seang gan chonn gan chéill mar a chinn Rónán.'

'Druid do dhrad danartha feasta, a Loingseacháin, agus ná cas liom arís eile mo chinniúint chráite féin óir is rímhaith is eol dom cheana féin gach iarsma is gach iarmhairt dá ngabhann leis.'

'Ní dhruidfead, a Shuibhne mheata mhílámhaigh, ó chacais ar bhruithneog na muintire! Castar leat anois do dhonaid is do dhiomú!'

'Ó chacas ar bhruithneog na muintire? Nach géar gairid don chnáimh a níonn an ghangaid a goin, a dheartháirín! Tusa, a Loingseacháinín leonta, dar ghnás i do ghasúr duit fual ar do cheirteacha tráth comhlainn le caicín comhraic!'

'Más fada siar i gcuimhne na gcarad a théir, a Shuibhnín sheing, nach gearr, ina dhiaidh sin, é do chuimhne féin, a chlaitseach gan chéill?'

'Mo chuimhne féin?'

'Do chuimhne féin ... tráth comhlainn ... le caicín comhraic! Nach gearr, dar Crom, é do chuimhne, a easconn éigiallta! Ní raibh le déanamh agatsa an lá úd ar Mhaigh Rath an áir ach fód a sheasamh, rud nach ndearnais, a Shuibhnín, agus is mór an náire ó shin duit é nuair atá a éileacht ort féin is ar gach a mbaineann leat ó shin.'

'Leag as!'

'Leag as? Tusa — ba rí, ba rífhéinní — tusa, a bhíodh faoi éadaí sróldа seirice tráth, féach anois thú, i do cheirteachán clúmhach!'

'Leag as, a deirim!'

'Leag as? Tusa dar ghnás imeacht ar eacha ána allúracha go sriana den scoth, mná malla maiseacha i do theannta; féach anois thú, i do gheilt ghann ghortach ó chrann go crann agus gan bean sna seacht ríochtaí a shillfeadh súil ort, ní áirím drannadh le do dhúid!'

'Mór an táinseamh orm an chaint sin, a Loingseacháin, agus leag as — a riascaire — leag as!'

'A riascaire, a deir tú! Leag féin as.'

'Tuige a leagfainn? Nach í an fhírinne í? Óir nach tusa an té a sheachnaíonn a chineál is a fhine féin ar do róidín reatha ó riasc go riasc! Ní loingseach go Loingseachán!'

'Ní ghriogfaidh sin mé, a Shuibhnín, óir is beag an bhrí sin le hais ar éirigh duit féin: más loingseach féin mé, más riascaire féin mé, ní geilt — duine gan chéill gan chonn — mé.'

'Ní gan chéill don té a bhíonn gan chonn, a Loingseacháin, agus is ní gan chéill a leithéid a rá! Allagar gan ásc é sin agat, allagar na haimsire a caitheadh.'

'Aimsir ann nó aimsir as, a Shuibhne, is dursan duit a bheith faoin ionnas a bhfuilir — i do ghearrcach géarghonta gobleonta ó dhíthreibh go díthreibh.'

'Leag as feasta, a Loingseacháin! Sin é a bhí i ndán dúinn ó labhair as béal Rónáin an dia nua seo, a Loingseacháin, ó tháinig an labhra nua seo nach dtig le ní ná le neach éalú óna dán! Leag as!'

A Shuibhne, as Sliabh Each ard,
Fear fuilteach, fear faobhargharg!
Ar Chríost (a chuir thú i gcarcra)
Dámh comhrá led' chomhalta.

Cluin mise, éist a dhuine!
A rí rán, a rí-ruire!
Go n-inseod duit go míne
Scéala sin do dhea-thíre.

Ní mhairid id' thír do d'éis:
(Is dó a thánag á fhaisnéis)
Marbh d'athair, is do mháthair,
Marbh an laoch — duit ba bhráthair!

Más marbh do mo mháthair mhín
Deacraide dom dul dom' thír,
Cian ó mhúirnigh mé ina hucht
Fada uaim a hoirchiseacht.

Baoth comhairle gach mic mhir
Nuair nach maireann a shinsir,
Mar is crom craobh faoi chnáibh,
Is toll taobh a bhíonn gan bhráthair.

Tá údar bróin eile ann,
'Sé a chránn feara Éireann:
Do thaobh is do throigh is garbh,
Do bhean chaomh le cumha is marbh.

Teaghais a bheith gan mhnaoi,
Is iomramh loinge gan laoi,
Is cruas clúimh le cneas,
Is fadú tine gan teas.

Do chualas scéal uafar ard
Faoina ndearnadh gol glégharg,
Is dorn le dé, a dhuine:
Chuaigh do shiúr d'éag, a Shuibhne.

Seanbhriathar seo, searbh a shnódh,
Ní mise a cheap a chló:
Fanann grian chiúin ar gach claí,
Mar shiúr — céin a gcartar í.

Ní ligtear lao chuig an mbuar
Againn i nDál Araidhe fuar
Ós marbh d'iníon chaomh phlúrach
Mar aon le mac do shiúrach.

Mac mo shiúrach ná mo chú,
Mo thréigean féin níor dhú,
Is táthú oilc le himshníomh,
Snáthaid i gcroí aon-iníon.

Tá scéal eile agam daoibh,
Ar leasc liom é a ríomh,
Fir Araidhe cé gaoineach glic
Atáid ag caoineadh d'aon-mhic.

Sin é an scéala annamh
A bhéarfas fear go talamh:
An mac beag a déaradh 'da da!'
A bheith ar lár le fada.

Chugat mé anuas den chraoibh,
Suaill nach ndearnas mioscais daoibh,
Doiligh dom, táim faoi fhaonbhac
Ó nach maireann beo m'aon-mhac.

Arsa Loingseachán ansin:

Ó táir anois, a laoich láin,
Idir dhá láimh Loingseacháin,
Maireann do mhuintir uile,
A ua Eachach Shálbhuidhe!

Déan tost go bhfaighe tú ciall,
Thoir atá do theach — ní thiar!
Ód' thír i leith ón ruibhne,
Sonn do theith, a Shuibhne.

Aoibhne leat idir damhaibh
(I bhfeáibh agus i bhfíobhaibh)
Ná codladh i do dhún thair,
Ar chlúimh agus ar cholcaidh.

Fearr leat bheith ar chraobh cuilinn —
Thall le taobh an luathmhuilinn
Ná a bheith go ngrinne glan,
In inne lae, id' fharradh.

Suan duit féin i gcíoch na gcnoc
Le téada míne meannchrot?
Binne leat i mbarr na gcrann,
Damhaíre damh thíos fút ann.

Luaithe thú ná gaoth thar ghleann,
Is tusa aon-gheilt Éireann,
Glé-dhonn d'aoibh os do bhruinne,
Séaghainn saor duit tráth, a Shuibhne!

Sínte fós ar lár dom nuair a dhúisigh na briathra sin as mo mheathshuan deireadh oíche mé: 'Séaghainn saor duit tráth, a Shuibhne!' Bhí an ghéarfhonóid is an ghoineog fós le clos agam in ó na hintinne: 'Mo léan ghéar dheacrach ach sin é, dar fia, an scéala a bheireann fear go talamh!' Bhíos fós ag cuimhneamh ar mo mhaicín muirneach, ar m'iníon álainn, ar a raibh ráite ag Loingseachán liom sa mbrionglóid nuair is siúd ina chuaifeach chugam ansin gan choinne gan cheapadh é gur iaigh a dhá láimh tharam gur bhuail ceangal is cuibhreach ar mo sheangchreat díblí. Tráth mearbhaill, tráth meidrisce, tráth méala! Tráth faillí óir bhíos i ngreim. Chasas leis a raibh sa mbrionglóid.

'A Shuibhne áin, a chomhalta chaoin,' a deir sé ansin liom, 'ní fíor nach maireann do mháthair. D'iníon álainn úraoibhinn aerach, idir anam is chorp — is beo! Do mhaicín muirneach mánla féin? Is den bhréig nach beo ó maireann chomh meabhrach le luch.'

'Mallacht is méala ar do mhéan, a mhaistín mheata, a bhréagadóir!'

'Fóill, a Shuibhne! Le do mhealladh anuas go dúiche dhaonna a thugas éitheach, a Shuibhne, óir nach ar mhaithe leat atáim anois agus ón gcéad lá?'

'Ar mhaithe liom? Nach claon calaoiseach an mhaise seo agat leas do chomhalta a dhéanamh, a Loingseacháin?'

'Más claon calaoiseach féin, a Shuibhne, glac misneach óir spréifidh spéir is fásfaidh féar. Ceap seal do shuaimhnis agus fuirigh anseo inár measc go dté caitheamh ar shamhradh, go dté fad ar fhómhar. Fóill, a dheartháir, fóill! Fóill, a Shuibhne, as Sliabh na nEach ard!'

Rug leis ansin mé go dún mhaithe Araidhe gur cuireadh glais agus geimhil orm ann. Ba ghearr ansiúd mé nuair a ordaíodh dó mé a bhreith leis chuig a dhún agus a dhaingean dílis féin go dtumfaí i ndabhach den úruisce fiuchta mé — an gheilt ghann ghortach. Beag idir gealtacht is riastradh, a deirim liom féin, nuair a bhí an tumadh sin déanta. Tugadh chugam ansin léine den rí-shról go glúine agus ionar den mhaothéadach os a chionn sin anuas. Fáisceadh dhá chuarán chorra den donnleathar seachtfhillte faoi mo dhá chois: ar a mhíne is ar a bhoige leo, sna seacht ríochtaí ní raibh a sárú le fáil. Mo shárú féin, ar dhearscnaitheacht deilbhe ná ar áille aoibhe, más fíor, ní raibh le fáil. I gcarcair chaol chúng dom an oíche úd gur chodail gan fearthainn gan forlacht go maidin.

Ba ghearr mo sheal sa gcúngcharcair nuair a leath scéala faoi cheithre chorra coiteanna na críche go raibh Suibhne Geilt ina gheimhleach ag Loingseachán. Maithe an chúige chugam agus uaim an chéad ráithe sin d'fhios an le céill nó le craobha a bhíodh mo mheanma ó lá go lá. Mhaitheas dóibh a bhfiosracht fhiar óir gach tráth dá n-éirínn as an áit sin amach, ba léir dom feabhas agus forás — dár laghad féin é — ar chonn is ar chéill. Gheal ar deireadh, i bhfoirceann na ré sin, lá loinneartha lánsoilseach gur tháinig chugam arís mo chiall is mo chuimhne, mo dhírchruth is mo cheartdeilbh féin: níorbh aoibhneas go dtí é! Gheal an dara lá agus b'amhlaidh arís dom. An treas lá féin, do gheal.

An naoú lá ar an ordú sin dom gur tháinig chugam le fuineadh néal nóna Loingseachán gur bhain díom glais is geimhil: 'A Shuibhne sheing, tá an ráig caite is do chuibhriú istigh! Ós ar do chéill anois duit, is ar do shuaimhneas feasta duit. Go bhfanair amhlaidh! Déan do ghoradh anseo is ná taobhaigh bile go brách arís. Fág tromchúram na gealtachta faoi chomaoin na ngealt. Ní cás duit feasta éirí, ní cás duit feasta imeacht: ní cás duit feasta ach an lá a thabhairt go suaimhneach suairc anseo gan beann ar bhuairt gan uídh ar imní. Codail anois, a Shuibhne, agus cuir ceann le hadhairt.'

Suaimhneach socair mo shuan an oíche sin ós mé arís i ndúiche dhaonna.

IV

AN CEATHRÚ LING

GO SUAIMHNEACH SOCAIR DOM AN samhradh sin ar mo chéill faoi iamh an tí ag Loingseachán, ag teacht agus ag imeacht de réir mo chos. Ba shuairc dom faoi shoilse samhluain: go sona sásta le héirí gréine, go sursan súgach ag dul chun suain. Ba mhaith é mo choinmheadh san áit sin. Shíothlaigh an samhradh gur tháinig tráth buana: fómhar fial agus gach ní in úd a bhainte. Maidin dá rabhas faoi mhearshuan in uachtar an tí gur chualas chugam glór gluair aniar as cuas na hintinne — 'De réir a ghníomhartha a dhaortar an duine' — ach focal ina thaobh níor ligeas as mo bhéal. D'éirigh amach ansin Loingseachán gona mhuintir i mbun fómhair. Ba é a gcinneadh nár den chríonnacht Suibhne bocht a ligean amach ina dteannta. Ba chuma liomsa sin nuair nárbh é mo nós-sa ar chor ar bith gan fuireach ar fuarcas an tí. Ó bhíos ar mo chéill arís, fágadh ansiúd gan gheimheal gan ghlas mé faoi fhraigh an tsuanleasa ina rabhas. Gan de chomhluadar agam an lá sin ach mé féin. Ba bheag den lá a bhí eascartha nuair a chualas faoin bhfuinneog isteach ciúinfhothram coimhthíoch aduain aisteach. Cailleach an Mhuilinn!

Chugam arís í, a deirim liom féin. Faraor nach n-éistfeadh liom feasta. Mór idir seo agus an t-am ar chuireas uirthi aithne i gcoire an tsléibhe agus deatach sa ngleann. Mór idir míreanna méine an ama sin agus beithé na huaire seo óir ní hé mo leas is áil léi adrásta.

Ó bhí ina thost eadrainn ó thús an tsamhraidh — ó d'aithin Loingseachán uirthi gan caint gan comhrá a fhéachaint arís liom — ba dheacair a bheith léi anois. Ach siúd anois í! a deirim liom féin, agus í ag scríobadh leic na fuinneoige lena cuid ingne urghráiniúla, a ciúinchrónán cráiteach chugam isteach tríd an bhfuinneog le súil is go ndúiseodh ionam an athghealtacht.

'Grá mo chroí, mo Shuibhnín féin, mo Shuibhnín réil, mo Shuibhnín séin, grá mo chroí, an fear gan chéill is a mheabhairín caite i gcártaí!' de chrónán fochaideach fonóideach isteach tríd an bhfuinneog liom.

Aird ní bhfuair.

'Cén scéala agat, a Shuibhneacháinín, a chroí?'

Aire ní bhfuair.

'Fada liom dreas cainte — nó gealtchéapar féin — a dhéanamh arís leat, a stóirín bán!'

Uídh ní bhfuair.

'Ara, a Shuibhnín agus abair liom cá cor don ghealtacht ó chonaiceamar a chéile go deiridh?'

Iúl ní bhfuair.

'Mírín méine, mírín méine! Pis bhuis bhuis bhuis bhuis!'

Choinnigh uirthi mar sin ar feadh an ama ach aireachas ní bhfuair. Maith a thuig sí féin an scéal mar chailleach na gcnaipí go ndúirt ar deireadh: 'Seachain, a Shuibhnín, nach é an tost a chuirfeadh ar gealtacht arís thú, a leanbh bán!'

Ba leor sin.

'Mallacht ar do bhéal, a chailleach, a deirim, agus leag as! Is caint gan chéill an chaint sin óir ní ligfidh an dia nua domsa a dhul ar athghealtacht más fada gearr a mhairim.'

Lig scairt sceitiúil sceoin ansin aisti go ndúirt: 'Ní ligfidh an dia nua seo duitse a dhul ar athghealtacht? Ciall is conn go dtuga sé duit, a thrua, más fada gearr ó tharraing tú chugat mar dhia é!'

Shochtas.

Scairt sceitiúil sceoin eile:

'Agus arnó, a Shuibhnín sheing, ní faoi dhia é! Nach bhfuil a fhios ag Feara Fáil gurb é sárú Rónáin faoi ndeara do dhulsa ar gealtacht?'

Deirim ar deireadh de scréach uafar imní:

> A Chailleach an Mhuilinn thall,
> Tuige duit mo chur ar iomrall?
> Nach meabhail duit, le baois ban,
> Mo bhrath agus mo bhiathadh?

Ach má scréach, níor stríoc sí siúd:

Chan mise féin a bhraith thú,
A Shuibhne, cé caomh do chlú;
Fearta Rónáin is cúis leat
A bheith id' gheilt i measc gealt!

Deirim ansin:

Dá mba mise, dá mba mé!
Ba rí ar Dhál nAraidhe glé,
Ba mhana doirn sin thar smeach!*
Coirm ní bhfaighir, a chailleach!'

'Coirm ní bhfaighir, a chailleach, an ea? Go dtuga do dhia nua ciall duit, a Shuibhnín, pé áit a bhfuairis é mar dhia!'

'Nár shoirbhí sé duitse, a róinseach tháir! Nach masmasach an mhaise duit a bheith do mo bhrath agus do mo bhiathadh anseo mar atáir! Nach gann a théann ceird ort!'

'Nach gann a théann ceird orm, an ea? Éigiallta an éirim duit a leithéid a rá óir ní brath ná biathadh é, a Shuibhnín, ach lomchlár na fírinne!' Gur lig scairt sceitiúil sceoin eile aisti a bhainfeadh a lúth agus a neart den laoch ba thréine.

'Ní téarnamh is dual duit, a Shuibhne, ach urú urfhada intinne — a bhainfeas díot do chiall is do chonn — go bhfágfar i do chraplacháinín ar deireadh thiar arís thú.'

'Gread, a chailleach! Gread, a deirim, tú féin agus do theanga bhiorach bhil-labhartha.'

Ghread. Dhún an ghealach a gléfhuinneog ghné-lonrach ansin gur thit dubh agus dorcha ar dhromlach domhain. Má dhúnas féin mo dhá shúil scrúdta, gur luíos siar ar an easair chaol ríoga a bhí feistithe faoi mo chomhair sa suanlios ag Loingseachán, néal níor chodlaíos ach mé go maidin ag cuimhneamh ar scairt na caillí óir ba mhór a ghoill orm. Cén t-ionadh dom?

MAR BA DHUAL DI A BHREAC AN MHAIDIN, agus de réir a ngnáis a chrom an éanlaith an athuair ar a n-éanúr: binn beannachtach liom ceiliúr na gclúmhcharad ar craobh.

'A chailleach nár chuala mo dhán!' a deirimse nuair a chonaic os mo chomhair le breacadh lae arís í. 'A chailleach chríonna, nach mór de dheacra a fuaireas, nach iomaí léim dhoiligh ó dhionn go dionn, ó fhothair go fothair, ó ghleann go gleann a lingeas? Éist liom agus ná bí dom feasta! Suaimhneas dom agus ná sáraigh mo dhán!'

'Éisteacht is suaimhneas? Sin dhá ní nach bhfaighir! As ucht Croim ort, a gheiltín, agus ling léim dúinn de na leama líofa lúfara úd a lingteá agus tú ar gealtacht uainn as dúiche dhaonna.'

Ligeas an chéad osna. 'Ní leomhaim a leithéid, a chailleach, agus lig liom!'

'Ling, a Shuibhnín, ling!'

Ligeas an dara hosna. 'Ní lingfead ar ór ná ar airgead, a chailleach!'

'Ar ór ná ar airgead? Sin dhá ní nach bhfaighir, a Shuibhnín bhoicht, nó an é nach léir duit an bhail atá fágtha ag Rónán ort? Ling do ling, a thrua — as ucht Croim ort — agus bí réidh leis!'

Ligeas an treas osna ach má ligeas, ba osna in aisce, óir d'airíos taos an tinnis ag tiúchan arís ionam, dúchas na dásachta ag brúchtaíl, an lingeadaíl ag cruinniú is ag bailiú nirt sna spága, gur éirigh ina racht ón smúsach amach, gur chrapas ar deireadh go gogaide, gur thugas — de mo mhórbhuíochas mór-bhasctha féin — léimín beag leamh den leaba anuas go lár.

'Tarrtháil Chroim orainn, a dhuine, ach nach léimfeadh an luichín leonta an léimín sin,' ar sí, gur thug a léim féin ó leic na fuinneoige go lár anuas gur sheas le mo thaobh.

D'fhéachas le staidéar is stuaim a dhéanamh ach ba shaothar in aisce. Go gogaide síos, ó ba dhíth dom anois, go raibh dhá phluic mo thóna le lár, gur lingeas an dara léim, trí fhorléas na bruíne amach. Arsa an chailleach amach tríd an bhforléas i mo dhiaidh: 'Ara, nach lingfeadh an páistín sa gcliabhán an léimín sin,' gur lean de léim amach tríd an bhforléas mé.

Ba dheacair a bheith léi. 'An é nach leor leat adrásta, a chailleach,' a deirimise ansin léi, 'an dá léim sin nó céard ab áil leat feasta uaim?'

'An rud ab áil liom feasta uait, a Shuibhnín? Leis an treas léim go rachfása ar athghealtacht agus go nínnse ort ciapadh is crá, griogadh is géarleanúint, fiach is fiagaíocht go forar fearainn siar!'

Ba leor sin: lingeas an treas léim ar shiúl ón gcailleach go ndeachas de réim ró-reatha as áras sin Loingseacháin glanoscartha amach ar mo theitheadh uaithi gur tháinig le deireadh lae go gleann seascair séimh — Gleann na nÉachtach i bhFiodh Gaibhle. Ba dheacair an dáil óir bonn ar bhonn dúinn beirt i dtólamh. Ansiúd dúinn an oíche sin, tuirseach traochta: Suibhne i mbarr eidhinn, Cailleach an Mhuilinn ar craobh le m'ais. Le teacht na maidine arna mhárach, siúd fós os mo chomhair í — Cailleach dhalba dhosheachanta an Mhuilinn!

'A Chailleach an Mhuilinn! a deirim ansin léi, 'is gránna an mhaise duit a bheith do mo ghéarleanúint agus do mo bhrath!'

'Ní brath ar chor ar bith é,' ar sise, 'ach fírinne!'

Seacht lá is seacht n-oíche dom seachnóin Éireann ar mhullaí na mbeann gan fos gan faoiseamh ó ghéarleanúint na caillí. As Fiodh Gaibhle linn an chéad lá gur ghabhamar go Binn Boghaine, as sin go Binn Fhoibhne an dara lá, as sin go Ráth Murbhoilg an treas lá agus mar sin dúinn ó lá go lá nó gur sheasas ar deireadh ag Seanbhile Cruithean, láimh le Dún Sobhairce. Áit é seo, a deirim liom féin, nach eol do Chailleach an Mhuilinn ná do mhórán eile dá cineál — is slán dom sonn, más ea. Suas liom sa mbile go ndearnas fos na fuaroíche ann. Ba é an sos gan sásamh agam é óir cé a bheadh coctha romham le breacadh lae ar craobh ann, mar chearc ar gor, ach an Chríon í féin, Cailleach an Mhuilinn!

B'in é an buille péice agam óir ní dhearnas ach mo léim a thabhairt as an mbile amach go ndeachas as sin de bhinn an dúin anuas le haill. Chaith sise a léimín lúfar féin anuas i mo dhiaidh. Ach má chaith, ní fhaca sí mise — teannta suas ar fhrapa na haille — i bhfolach sa scailpín eidhneach. Síos léi le haill, i ndiaidh a mullach gránna, go ndearnadh mionbhruar is mionbhach di leis an aill anuas gur thit i bhfarraige go bhfuair bás is buanéag ann. Gur uaidh sin an leagan *rince scoir na caillí leis an scailpín eidhneach.* Ag seo a laoi:

Fada do bhás ar fuireach,
Fó an fhoighe ort, a Chailleach,
Titim le haill anseo thiar;
Chugat an mort: fáltas fial!

Cailleach an Mhuilinn dar m'anam,
Mallacht Dé ar a hanam,
Mairg a thug taobh leis an gCrín,
Mairg dár thug sí a coinmhír.

Shireamar Éire uile
Ó Thigh Doinn go Trá Ruire,
Go Beanna Brain go baileach,
Níor chuireas díom an chailleach!

Murach Cailleach an Bhine,
Ní rachainn ar athmhire,
Dúirt sí liom, dar Dia nach leamh,
'Ling léim anall as d'áitreabh!'

Lingeas ansin léim nó dhó
B'in é údar m'anó,
Dúirt an Chríon go lingfeadh féin,
A leithéid eile de léim.

Lingeas léim eile amach,
Thar fhíormhullach na cathrach,
Luaithe ná deatach trí theach
A teitheadh siúd mar chailleach.

Idir má is móin is learg,
Níor chuireas díom an chrua-leadhb;
Ling sí uaimse léim go te
De bhinn Dhúna Sobhairce.

Chaitheas féin mo léim den dún,
Céim í sin nár chéim ar gcúl!
Síos léi siúd dar m'ais amach,
Gur bádh sa lear an chailleach.

Tháinig dá éis ar an trácht,
Clann Shátain ar thóir a cnámh,
Gur rug leo an créice críon,
Mairg d'Éirinn — ní fada íon!

A DEIRIM LIOM FÉIN ANSIN D'FHAON-ghlór: mo bheannacht ar an mbéad a rinneadh ag Dún Sobhairce óir is fad ar mo shaolsa Cailleach chrapallach an Mhuilinn a bheith seangaithe as mo shéad, agus gan í a bheith do mo ghrodleanúint ná do mo ghéarlorgaireacht feasta. Le cine na gcnámh anois í! Imeod as Dál nAraidhe le fuineadh fómhair óir is cinnte go maróidh Loingseachán mé i ndíol na caillí ach a gcloise ar éirigh di.

Ghluais liom as an áit sin amach gur chaith an lá go giodamach guagach ó imeall go himleacán Connacht gur tharla faoi dheireadh mé in Alt fíor-álainn Fhorannáin i dTír Fhiachrach Muaidhe. Is ann atá Dabhach Fhorannáin. Ann a bhíodh Forannán Feartach, mac Coinn mhic Colgan mhic Aodha mhic Fhionnbhairr mhic Eoghain mhic Néill Naoighiallaigh féin (más fíor), fear fíréan go nglaine aigne is intinne. Gleann álainn san áit sin — naoimh agus fíréin go hiolartha ann. Sruth aoibhinn sreabhuaine ag teibearsain go tinneasnach leis an aill anuas, crainn chaomháille go dtorthaí troma tothachtacha go hiomadúil, eidheann fíorchluthair ag fás, críonabhall ag cromadh go talamh faoi mheas. An tóir chéadach ar an áit sin ag ois alta, ag míolta má, is ag muca méithe mórthroma. Ba hiomaí freisin na rónta ramhra a chodlaíodh ann ar theacht dóibh ó mhuir mhóir isteach go haill. Mór mo ghean féin air mar áit. Bile ann — log laoi:

Alt Fhorannáin — adhbha naomh,
Go n-iomad crann caomh is cnuas,
Uisce tinneasnach gan teas,
Ag sní leis an eas anuas.

Is iomaí ann eidhneán glas
Mar mheas lena mbeirtear geall;
Agus abhaill cheanntrom chaomh
Ag filleadh craobh faoi cheann.

Iomaí broc ag triall ar dhíon,
Agus an míol má nach mall,
Is éadan riontach* na rón,
Ag teacht ón muir mhór anall.

Mé Suibhne mac Colmáin Chuair,
Iomaí reo-oíche dom fuar fann,
Millte ag Rónán as Droim Geas,
Faoi shuan gan mheas san eas thall.

Socair sámh mo shuan in Alt Fhorannáin an oíche sin agus coigeadal na gcraobh cnuastorthach ag cogarnach i mo chluais. Tuargaint na dtonn ar trá agus foghar na bhfaoileán ó fhorar farraige aníos a chuir as mo chodladh mé i dtrian déanach na hoíche go bhfacas ina sheasamh le sleasa na gcarraig is na gcrua-aill os mo chomhair é — Forannán na bhFeart — a chluas le blosc na bóchna, a shúil le tormán na dtonn, agus a aigne le riontach na rón. Foghar ná focal níor labhair nuair a chonaic chuige an neach fíochmhar fiáin — féasóg fhiánta fhiata go himleacán, dhá shúil sheargtha sceirdiúla mar dhá shlogaide chaocha ionam — ach teitheadh as an áit a raibh le teann uamhain is uafáis! Fuaraíonn an faitíos ach maireann dá éis a mheá.

Chorraigh liom gan mhoill as an áit sin amach gur thug an lá dár gcionn ó chrann go crann is ó mhá go má go ránag ar deireadh le fuíoll fuinidh go Ros Comáin, diúide Éireann, dú de m'fhine féin. Anuas liom as an mbile go sraith na tiobraide gur chaith ann biolar is biol. Níor chian ann dom go bhfeicim chugam, as teach an airchinnigh amach, an bhean. Suas liom arís sa mbile. Síos léi siúd go sraith gur chrom ar sclamhadh an bhiolair. Éagóir liomsa gníomh na mná gur thosaíos ag éagaoin agus ag éagnach go mór faoi mo chuid biolair a bheith á bhreith aici uaim.

'A bhean! Ba thrua duit mo bhiolar a bhreith uaim dá mbeadh a fhios agat mar atáim: ní dhéanann fear tuaithe ná fear fine m'oirchiseacht ach mé i mo gheilt ghann gan charaid gan chompánach idir dhá inn bliana ó cheann ceann gach tíre dá mbím. Ach a sínir siar thú féin anocht ag dul chun soip duit, ní i do throscadh a bheas tú, ní hé a fhearacht domsa é, ó rugais uaim mo bhiolar!'

'Cén fáth do shaint sa mbiolar?'

'Mór é mo ghean ar an mbiolar, a bhean, óir is é mo bhuar é. Mór é mo dhúil sa mbiol óir is é mo mheá é. Mór é mo chion ar na crainn chrua-loma chliothardhlútha óir is iad mo chaoinchairde iad!'

'Do chaoinchairde?'

Leagas lámh ar imleacán ansin go ndearnas an tromchrónán truachroíoch:

A bhean a bhain mo bhiolar,
A bheireas uaim an t-uisce,
Ní bheidhir gan ní anocht
Ó thógais uaim mo chuidse.

Monuarán, a bheanagán,
Ní raghairse mar a raghad:
Mise amuigh i mbarr crann,
Tusa thall i dtigh carad.

Monuarán, a bheanagán,
Is fuar an ghaoth faoi mo dhéin,
Im' fhear gan mháthair gan mhac,
Ar mo bhráid níl an brat féin.

Dá dtuigfeá, a bheanagán,
Mar atá abhus Suibhne:
Nuair nach geal leisean aon neach,
Ní geal le haon neach Suibhne.

Ní théim riamh in oireachtas
Idir óga mo thíre,
Ní dhéantar dom eineachras,
Ní théann m'aire le ríghe.

Óir ní théimse riamh ar aíocht
Go tigh mic duine in Éire;
Minice liom baothghealtacht
Ar bheanna corra sléibhe.

Ní théitear do m'oirfideadh,
Seal roimh shuan dom cois tine,
Ná ní fhaighim oirchiseacht
Ó fhear tuaithe ná fine.

Nuair a thigeas im' chuimhne
Gur ghnás liom dul ar eacha
(Ba mé Suibhne slán!), deirim:
'Mairg gur fágadh im' bheatha!'

'Sé mo mheá an t-uisce fuar,
Is é mo bhuar an biolar,
Is iad mo chairde na crainn,
Cé táim gan bhrat gan ionar.

Is fuar anocht an oíche,
Is gann mo dhíolsa biolair,
Ó chualas guth an ghiúrainn
Os Imleach imlom Iobhair.

Atáim gan bhrat gan ionar,
Is fada an t-olc dom' spearadh,
Teithim roimh ghuth na coirre:
Mar bhuille sin dom' ghreadadh.

Tagaim go Dairbhre daingean
In úr-laetha an earraigh,
Teithim roimh thitim oíche
Go Beanna Boirche beannaigh.

Is fuar gaoth an mhaideanra,
Fuar sin idir mé's m'ionar,
Olc a fhéadaim labhairt leat,
A bhean a ghoid mo bhiolar.

Go truacánta truamhéalach dom an oíche sin i Ros Comáin ó nach ligeadh an t-urú intinne dom corraí go maidin ach mé ag gol, ag geonaíl, is ag géar-chaoineachán mo cháis i mbarra craobh. Ba chorrach mo chodladh an oíche sin agus crua-ghleo an chatha agus tuargain na troda ag uallfairt is ag éamh arís i mo cheann. Fada go maidin é, a deirim liom féin, fada dar fia!

V

AN CÚIGIÚ LING

LE BÁNSOILSE MAIDINE, DEIRIM LIOM féin: 'Tréigim an áit seo go dtéim go Sliabh úraoibhinn Eachtaí.' Ó dhoire go doire is ó log go log dom go ndeachas i mbarra géag le titim oíche. Néal níor chodlaíos. Go Sliabh mínálainn Mis liom le breacadh lae, go Sliabh beannard Bladhma le headra, go hInis Muirí Naofa le titim néal nóna gur bhuail drochbhuille eile den dásacht ann mé. 'Ruaig fhada ró-reatha a mhaolódh! Téim, más ea, go hUig Donnáin go bhfaighead ann sealad suaimhnis óir ní doraidh an uidhe.'

Coicís ar an uaigneas ansiúd dom, in Uaimh Dhonnáin Naofa, gan sámh gan suaimhneas. Coicís eile ar an Scor ann, mór saoth, beag tairbhe. Lá de na laetha dár thugas in Uig gur thánag le fíormheán an lae go linn lánghlan loinneartha i gcroí-dhiamhair coille go ndúras liom féin go rachainn do m'ionladh féin ó ba ghéar a theastaigh. Ar theacht go hearr linne dom go gcuirinn baslach le baithis ann, uafar an fheic a taibhríodh dom aníos as an uisce: neach fíochmhar fiáin, féasóg fhiánta fhiata go himleacán air, dhá shúil sheargtha sceirdiúla ann mar dhá shlogaide chaocha: geilt! Ní aithním anois, ná ó shin, an créatúr rosc-uaigneach scéinbhuileach úd a bhreathnaigh orm as an uisce aníos. Ar bhior mo chinn de léim amach san uisce liom go bruach na linne thall, as sin go gogaide is go dhá phluic tóna síos go ndeachas de scuaird scéine is scaoill ar mo theitheadh suas arís faoi thearmann na ndos.

Tréigim an tír a bhfuilim óir níl taobh dá mbreathnaím nach uamhan agus uafás a fheicim! Ní soinmheach mo shéad nuair nach bhfaighim deoch ná bia ach ró-fhuacht, ró-íota, agus síorghorta! Cá ngabhfad feasta óir níl áit ó Chataibh go Cliara nach ann atá mo thóir! Ar Charraig Alasdair, adhbha fhuarsheaca faoileán i meán mara mire, áit nárbh eagal dom crá ná ciapadh, a thugas ceann mo bháire. Cá bhfios nach ar an sceilg sceirdiúil scártha úd a gheobhainn téarnamh ón tinneas agus tearmann ón tóir?

Coicís ar Charraig Alasdair dom gan d'fhoscadh agam ach aon-bhile uaigneach a bhí ag fás ar mhullach má-shléibhe ann. Mórchuid na coicíse i mo chréice críon ag machnamh is ag marana idir dhá dhorcha ar dhuairceas is ar dhubh-léan an domhnáin duthain seo. Mo dhocra is mo dheacair á thabhairt os ard ansiúd agam ar an Scor:

Duairc gan bhréag í an bheatha seo,
Ós mé abhus gan mhaothleaba,
Mé taobh le hadhbha fhuarsheaca,
In éadan gairbhe ghaothshneachta.

Géar í an ghaoth fhuar oighreata,
Is mé faoi fhann-scáth lánghréine,
Mé taobh le foscadh aon-bhile,
Ar lom-mhullach an mhá-shléibhe.

Fulaingt is féachaint fras-síne*
Mo chéim á breith thar os-eola,*
Teacht is imeacht na glas-mhíne,*
Go moch le maidin ghlas-reota.

Ag reáchtáil ar fud an fhíobha,
Cluinim gártha an rionndamhra,
Dreapadh agus dréim os-bhearna —
Fada liom foghar fionnmhara.

Och, is och arís, a Dhia mhóir!
Is mór go deo an meirbhnéal seo,
Is doiligh liom an dubh-léan seo,
Ós mé an Suibhne seingbhléan seo.

I mo gheilt thar gach breacbhearna
I mBoirche gona bhothleaba,
Ním géar-osna sa gheamhoíche,
De shiúl cos, faoi chlochshneachta.

Ann do m'fhuar-luí fliuchleapthach féin,
Ar lom-learga Locha hÉirne,
Mo mheanma ar an moch-imeacht
Ar maidin ar mo mhochéirí.

Mear mo rithse thar thonnbheanna
An tsaor-dhúin uasail Sobhairce,
Géar í mo chluas le tromthonnaibh
An rí-dhúin uasail Rodhairce.

Mear mo rithse ón ró-thonn sin
Go dtí tromthonn sin bhaoth-Bhearbha,
Feis ansin dom ar chrua-cholbha
Ag an dron-dún sin chaomh-Chearmna.

Chuas ansin ó Dhún chaomh-Chearmna
Go dtí Beanna bláfar' Boirne,
Mo cheann arís le cloch-adhairt
Ar chrua-Chruachain scáfar Oighle.

Luaineach gan scíth í m'imirce
As má mhór sin na Bóraimhe,
Ó Bhinn an mhóir áin Ioghaine
Go dtí Binn bhreá sin Boghaine.

Tháinig, dar m'anam, chugamsa,
Neach a thug mo chiandúshlánsa,
Ní sámh ná síth a fuaireas-sa
Ón mnaoi ach mo dhiansárú-sa.

Rug sí uaimse mo ghoblachsa,
In agairt ar mo chiontasa,
Nach mór an trua an monar seo:
Gur tógadh uaim mo bhiolarsa!

Biolar barrghlas a bhainimse,
Is breá an bia na dionn-dlochtáin!
Blasta liom ceithre cruinn-ghlacáin
As glaise Ghlinne fionnBholcáin.

'Sé'n sásamh sách a shantaímse
(Go suairc liom féin) an mónadán,
Sin agus deoch den uisce ghlan,
Aníos as tiobraid fhionn-Rónán.

Is corr, is crua, iad m'ingne-se,
Is maoth gan snó mo chreasa-sa,
Is toll, dar fia, mo chosa-sa,
Lom leonta lag mo leasa-sa.

Is uamhan liom gur orm a bhéarfaidh
An fhian mhór mhaith de thailc-churaidh,
I gcéin a raghad as Ultachaibh,
Go dtriallfad liom in Albanchaibh.

Tar éis an aistir anróitigh,
Is mór an trua mo shanas-laoi,*
Ar Charraig Alasdair — och, a naí!
Mo bheithse anseo i gcrua-chaoi!

Carraig mhór Alasdair anseo thall,
Is í adhbha na bhfaoileán bí,*
Nach géar an trua é, a Dhé Mhóir,
Gur fuar dóibh siúd dar maoileann í.

Féach anseo í — Carraig Alasdair,
Is leor dá méid a leath-airde,
Ansiúd í — clog na crutháille,
Agus a srón le sruthfhairrge.

Nach trua abhus ár gcomhrac —
An dá chorr chrua-luirgneach:
Mise abhus go crua-leadhbach,
'S an Charraig go grua-ghuilbneach.

Nach lán-fhliuch í mo leaba-sa
San áit seo a bhfuil m'áras-sa,
Nach beag go deo a shíleas-sa
Go mbeinnse ar chreag chádhasa.*

Mór an trua liom an turas-sa,
Ní séanmhar mé gur thánagsa,
Nach fada mé óm' eolas-sa,
Sa gcríoch rua seo a ránagsa.

In éadan gairbhe ghaothshneachta,
Mé taobh le hadhbha fhuarsheaca,
Ós mé abhus gan mhaothleaba,
Duairc gan bhréag í an bheatha seo!

Duairc dar fia an bheatha seo, duairc dar Dia mo dhán.

I gCIONN NA COICÍSE, D'FHÁGAS I MO dhiaidh Carraig Alasdair go ndeachas thar muir chraosfhairsing amach go rángas Críoch Breatan. Ó nach ligeadh faitíos ná fíor-náire dom duine ná deoraí a thaobhachtáil ar mo theacht i dtír ann, rinneas rud nach ndearnas cheana — mo dheasóg a thabhairt le dún rí — le dún Rí Breatan go deimhin — gur leanas séad go fuineadh néal nóna an lá sin gur tharla tar éis mo shaothair mé i mbéal coille móire. Ar theacht ansiúd dom, chualas uaim i gcroílár na coille istigh ochadh, éagaoin, is mairgneach mhór. Is mór a ghoin an osnaíl éigiallta éagalma sin m'aire óir ba gheall í lena n-airínn os ard is os íseal trá bróin is buairimh dom féin. Diabhalta go deo dealramh na geonaíola croíbhriste sin le mo gheonaíl gheilteach féin, a deirim liom féin, ach gur beirt — den chuid is lú — nó triúr féin, seans, atá ina bun. Mór an t-uafás! Suas liom go beo bríomhar i mbarra géag arís go gcínn céard ba chor sa gcoill nó cé dar díobh an gheonaíl.

Níorbh fhada thuas mé go bhfacas chugam as diamhair na dubhchoille amach an fear feochair fiáin, féasóg go básta air, agus é ag imeacht ar fud an fheadha ar a chromada. Dhá shúil ann mar dhá shlogaide chaocha. Anuas liom féin gur sheasas roimhe.

'Cé thú féin, a dhuine?'

'Ní hé fios m'aithne ach fios mo dhamhna is beite duitse a fhiafraí!'

'Céard thú féin, más ea, a dhuine?'

'Geilt!' ar seisean.

'Más geilt thú, tar i leith go ndéanam cumann óir is de chine na ngealt dom féin freisin. Sloinn dom d'ainm bunaidh agus abair liom cé dar díobh thú!'

Tost.

'Sloinn, a dhuine, a deirim, sloinn! Bách lucht aon-chine!'

'Fear Coille m'ainm ach gurb é Ealaíon is leasainm dom.'

'Fear Coille? Foghlaí feá, mar sin thú, an ea?'

'Ní hea ná é; an choill a thabhairt orm féin nuair a bhuail an aistíl mé — mar sin a rinneas ó b'éigean. Uaidh sin a lean an t-ainm sin díom.'

'Nach minic amhlaidh.'

'Nach minic cheana.'

'Nach mór an díol trua tú féin agus do scéala, a Fhir Choille! Inis dom fáth do dhul ar gealtacht nó an ní a mhill thú idir chéill is chruth?'

'Scéala sin is leasc liom a lua le neach ach leatsa. Mac brughadh mé agus is den tír seo a bhfuileam mo bhunús. Ealaíon, mar a deirim, a thug mo mhuintir dhílis féin orm ach gur Fear Coille m'ainm anois ó chuas faoi chluthair na gcrann. Rí ... agus rí eile ... a bhí sa tír seo: Eochaidh Aincheas mac Guaire Mathra agus Cugua mac Guaire. De mhuintir Eochadha dom féin óir ba é siúd ab fhearr den dís bheartach bhríomhar sin. Ina imchosnamh mhór eatarthu nó go ndearnadar mórthionól ceachtartha a chur chatha ar a chéile faoi ríghe na críche seo.'

'Chonaic mé féin a leithéid freisin.'

'Níor gheal liomsa cor mar sin, a dhuine, ionas gur chuireas geasa ar mhuintir mo thiarna féin gan aon duine acu a theacht chun an chatha gan éadach sróil uime ionas gur shuaitheanta iad — le huaill agus le díomas — seach cách eile. Tháinig lá an chatha, ach má tháinig, ní maith a chuaigh domsa.'

'Mo dhála féin!'

'Céard a rinne mo dhream dílis donasach féin ach trí gártha mallachta a thabhairt orm gur cuireadh ar faoinneal agus ar foluain mé suas i measc fraighthe an aeir ar mo theitheadh uathu. Ó shin i leith dom sa riocht a bhfeicir anois mé. Bocht mo bhrí agus buartha mo bheatha ó shin.'

'Ní séanmhar do scéala, a Fhir Choille, ná ní socair do shuí, a dhuine bhoicht.'

'Ní hea, go deimhin, ní hea sin. Téanam isteach anseo go socair sócúil, más ea, go nímid tuilleadh seanchais is scéala i bhfochair a chéile. Céard ba chor duit féin, a dhuine, nó céard a thug ar gealtacht thú?'

'Mo chor féin? Doiligh mo dhán. Mé Suibhne, Rí Dhál Araidhe. Cois Buaise a rugadh mé, an mac is sine ag Colmán Cuar (leaba faoi ghréin is faoi éasca dó), nó Colmán Cas mar a thugadh dream eile air. Bliain is fiche ba shlán dom ar theacht i gcomharbacht ar m'athair. Seacht mbliana síothúla soinmheacha i ríghe dom: iasc in inbhear, meas ar craobh, agus iomad ar achadh le mo linn gan forlámhas mo namhad orm nó gur tugadh cath crólinnteach crua, tráth ar chlaon mo chonn is mo chiall go ndearnadh díom geilt ghann ghortach mar a thuar Rónán Fionn: *Sirfidh Éirinn, an gheilt ghlas! Is bás de rinn a gheobhas!* Seacht mbliana eile mar sin dom seachnóin na tíre; seacht mbliana ina dhiaidh sin arís dom idir dhá urú intinne, seal ar só, seal ar míshó — tuigeann tú féin.

'Cúis mo dhul ar gealtacht? Briathra an Rónáin úd óir eisean a d'eascain mé gur éiríos mar athaid aeir suas ar staighre na spéire, gur le craobha dom ó shin ar faoinneal is ar fán. Seacht mbliana eile i ndán dom fós, de réir reachta Rónáin, go dté mé go Teach Mo Ling, pé dú sin óir ní ligeann an chinniúint dom seasamh ann fós. Sin iad mo scéala, sin é mo dhán.'

'A Shuibhne,' arsa Ealaíon ansin, 'ní hionann dáil dúinne agus don daoscardhrong dhíomasach chéillí! Más cumann a dhéanamh is rún linn, déanam amhlaidh anois ionas gur mar seo dúinn feasta: bíodh eadrainn ea dhá chrann nó ea céad crann, pé againn is luaithe a chluinfeas glao coirre ón loch linnghlas linnuaine úd thall aníos nó guth glé-ghlan geirge ar chiumhais an chriathraigh thiar, nó léim creabhair de chraobh, fead na feadóige arna fíordhúiseacht, nó fuaim críonaigh á chomhbhriseadh sa gcoill, nó foscadh éin os fíobha, fógraíodh agus insíodh don fhear eile é.'

Ina chumann dúinn uaidh sin amach. Bliain agus lá dúinn i dteannta a chéile i bhfearann feá. Ó bhí againn beirt an ghaois ghealtach, gheallamar dá chéile nárbh fhaide ná bliain agus lá a mhairfeadh ár gcumann. Laethanta fada fáilí dúinn ag faí is ag fáir ar a chéile, mise ar mo shosghoradh, eisean ar a shosghoradh siúd. Más gearr féin a mhair, ba mhaith é ár gcumann gealtach.

Oíche dár tháinig, rinneadh taibhreamh dom go rabhas caite ar mo dhroim ar chuilce chlúmhaigh arís agus Eorann Án le mo thaobh, gur mhaitheamar dá chéile an chaint úd nár chineálta, gur shlán arís don chumann diamhair. Chonaiceas ansin an rinn ghéar ghontach go feirc ionam, an bhrí ag éalú asam ina sruth le fána fuarfhola na fírinne, agus an chaint seo agam le clos: 'Is gearr uait anois, a Shuibhne sheing, is gearr uait.' Dhíríos aniar as mo chodladh faoi chluthair na gcrann agus fuarallas liom.

THÁINIG NA LAETHANTA AGUS D'IMIGH na laethanta. Ba ghearr go raibh an bhliain istigh, go ndúirt Fear Coille liom, 'Is é inniu ceann na bliana agus is é amárach lá scartha na gcarad, a Shuibhne. Ní mise Fear Coille feasta ach Ealaíon. Imím uait anois, más ea. Tá foirceann mo shaoilse liom anois, a Shuibhne sheing, agus ní fhéadaim ach triall feasta — ós é atá i mo chinniúint — ar fhód mo bháis.'

'Cén fód é sin, a Ealaíon, agus cén bás é sin, a chara dhil?'

'Go hEas Dufaigh siar mo thriall anois ós ann a thiocfas géarfheothan gaoithe fúm go mbáfar san eas mé mar atá i ndán is i ndianchinniúint dom. Adhlacfar dá éis mé i reilig fíréan agus as sin suas go flaithis Mhic Dé a ghabhfad. Cén oidhe a bhéarfar ort féin?'

D'insíos sin dó ... a raibh sa mbrionglóid ... agus ar chinn Rónán dom.

'Más slán dár taibhríodh duit sa mbrionglóid, a Shuibhne, is mithid duit aithrí a dhéanamh, a chara mo chléibh, óir is de réir a ghníomhartha a dhaortar an duine.'

Le bánsoilse maidine, faoi scáth na ndos sin ba dhú dídin dúinn le linn na bliana duthaine úd, scaramar le chéile: níor scaradh go dtí é. Súil níor leagas arís ar mo chara dílis. Cráite an cheird an compántas.

SEACHT LÁ IS SEACHT nOÍCHE DOM AG crua-ghol mo dhlúthchéile is ag caoineadh mo dhilcharad: seacht lá trombháistí ag caoi an dea-choir a thug le chéile sinn an chéad lá agus seacht n-oíche deardaine ag mairgneach an droch-choir a scar ó chéile arís sinn. Seacht lá leamha gan sea gan spreacadh ag roiseadh is ag rámhaille, seacht n-oíche i mbarr bile faoi thromluí is faoi thámh. Ar a bheith caite don seachtú hoíche, as mo mhairgluí, d'éiríos aniar — más ar éigean féin é — ach éirí a rinneas ó b'éigean.

Is mithid liom mo thriall arís óir is mór é m'uaigneas is mo bhriseadh croí ó d'imigh uaim mo dhilchompánach, Fear Coille. Is dubhach domblasta liom an áit eachtrannach aduain seo feasta: triallaim ar Éirinn iathghlais arís go gcaithead ann, i Maigh Line, an chéad oíche agus go dtéim aneas go Gleann Bolcáin an oíche dá éis.

Agus an treas oíche, a Shuibhne?

An treas oíche? Go Beanna Boirche.

Go gogaide, go hioscaidí, go dhá phluic chaite chríonta mo thóna síos ansin liom gur thugas m'aghaidh siar arís ar Éirinn. Níor chian dom i Maigh Line gur bhuail arís mé ráig den eolchaire. Dá dhonacht í an eolchaire, a deirim liom féin, is fearr í ná mo bheith arís ar eadarbhuas! Ar theacht anuas i Maigh Line dom, chuimhníos ar Chonghal Claon, mo shaor-sheise soicheallach. Níorbh eolchaire go dtí é!

Fuireach ní b'fhaide i Maigh Line níor fhéadas. Fillim ar an dúchas, ar an talamh slán, ar an áit nach eagal dom neach ná ní! Filleadh ná feacadh ní dhearnas ach teacht gan mhoill le fáinniú lae go Gleann Bolcáin: ba mhaith é mo mheanma, ba shiansach an athuair í mo shéis. Suas liom ar craobh gur thugas mórchuid den lá ag silleadh uaim soir is siar ar thóir na gcarad is na gcompánach: do mo sheachaint do chuid acu, ar a dteitheadh uaim do chuid eile, ar a dtréancheilt orm do mhórán: gealtghnása! Ní filleadh ar fhód an dúchais go filleadh ar Ghleann Bolcáin! a deirim liom féin agus an gliondar ag geamhrú an athuair i mo chroí.

Ba ghearr a mhair. Corrthónacht....

Go Beanna Boirche gan mhoill, a deirim. Suas liom go héadrom aerga san aer arís gur shroicheas na Beanna. Más maith mar áit ag geilt an áit seo, ní maith ag ioth, ag bliocht, ná ag bia! Más aoibhinn aerach féin mar áit é, is fuar, an-fhurasta, anacair anocht é, mo léan ghéar — gan díon ar dhoininn ná ar dheardain ann. Dár dhonacht sin, ba mheasa fuacht is feannadh na hoighearoíche! Suas liom ar craobh ann gur ligeas racht:

Fuar anocht Beanna Boirche,
Ní áit ach d'fhear anfhoirfe,
Ní ionad bia ná bleachta,
Tráth sín nó tráth síorshneachta.

Is fuar mo luí gan soirche,
I mullach Bhinne Boirche,
Táim fann, gan bhrat gan éadach,
Ar chrann cuilinn crua-ghéagach.

Más fuar féin dom tráth seaca,
Ionsaím go géar an leaca,
Beirim daighear don ghaoth chlé
Thar leirg Laighean Laoghaire!

Mise — i nglasfhearann nach gleann —
A Chríost, choíche ná sroicheam!
Ní dual domsa dul dá leith,
Fuar Beanna, fuar domsa leis!

NÍORBH FHADA I mBEANNA BOIRCHE MÉ gur bhuail fonn imeachta arís mé. Go Maigh Fheimhin, agus as sin siar aneas thar Sionainn shruthghlan shreabh-uaine dom ar thóir dhíon is dídean na hoíche sin.

Bóinn is Siúir is sean-Leamhain
Agus Suca nach sriobhmhall
Deirtear insna seanleabhair
Gurb uaisle thú, a Shionann!

Go hEachtaí ard úraoibhinn ansin liom, as sin go Maonmhaigh mhínghlas mhór-éadracht, agus soir arís go sruth saorálainn Suca, gur oiris ar deireadh ar bhruacha Locha so-leathain Ríbh. Seal ansin dom cois locha ag déanamh aeir nó gur dhíríos mo dhá dheirc siar arís ar Oirthear Connacht. Ní fada a chuas go ránag Críoch Gháile gur ghabhas fos na hoíche sin i nglaic an bhile i dTiobradán. Oíche mhór dhubhfhuar shneachta, nár tháinig a leithéid le mo chuimhne, a bhí inti. Níor thúisce tite de scailp na spéire anuas an spitheog ná bogoighear bán déanta aici ar leaca loma láir. Mórthuirse agus múichneachas* ansin dom ó thuigeas cá rabhas — Bile Tiobradáin — áit de na háitribh ba dhile liom in Éirinn.

Dar mo chúis, éamh, is mór de dheacra is de dhócúl a d'fhulaingis go dtí anocht ón lá ar fhás clúmh cúrtha na cinniúna ar do chneas. Nach ort a d'imigh an donas, a Shuibhne, gur fágadh ar uatha slua is sochaí thú? B'fhuar é d'ionad aréir i mullach Bhinne Boirche ach ní neamhfhuaire ná sin d'ionad anocht i nglaic Bhile Tiobradáin.*

Fearr dom taobh a thabhairt le dúiche dhaonna arís, a deirim liom féin ansin — más é mo bhás féin is dán dom dá bharr — óir nach mór an mhúich* domsa anocht a bheith mar atáim?

Mór an mhúich domsa anocht,
Mo chorp — do réab an ghaoth ghlan,
Toll mo throithe, glas mo ghrua,
A Dhé Mhóir, 'sé is dual damh.

I mBinn Bhoirche dom aréir,
Tuargaint braon in Eachtaí fhuair,
Anocht ar deargchrith mo bhaill
I nglaic chrainn i nGáile ghluair.*

D'fhulaingeas mór treas gan tlás*
Ó d'fhás an clúmh ar mo chorp,
Tagann oíche, tagann lá,
Móide le rá mo chion den olc.

Cráite ag sioc, ag síon nach suairc,
Ag sneachta ar Shliabh mhic Sin,
Táim gonta anocht ag gaoth,
Cheal fraoch Ghlinne Bolcáin bil.*

Luaineach m'imirce i ngach iath,
Táim anois gan chéill gan chonn,
Ó Mhaigh Line go Maigh Lí,
Ó Mhaigh Lí go Life lonn.

Siar thar seaghais Sléibhe Fuaid*
Tagaim, im' ruaig, go Ráth Móir,
Ó Mhaigh nAoi go Maigh Loirg Loinn,
Tagaim go hArd Chruachain chóir.

Ó Shliabh gCua — ní turas tais,
Tagaim go glas Gháile ghrinn,
Ó ghlas Gháile — cé céim chian —
Liom aniar go Sliabh Breá binn.

Duairc an bheatha, táim gan teach,
Is trua an bheatha, a Chríost chain,
Mo sháith biolair bharrghlais bhuain,
Deoch uisce fhuair as glas ghlain.

Tuisliú de bharr na gcraobh críon,
Imeacht aitinn — gníomh gan só!
Seachaint daoine, cumann con,
Coimhlint le damh rua thar ró.*

Feis oíche gan chlúmh i gcoill,
I mullach crainn dosaigh dhlúith,
Gan éisteacht le guth ná glór,
A mhic Dé, is mór mo mhúich!

Rithim ruaig le binn go baoth,
Asam féin — is traochadh lúith!
Scartha le mo chruth, gan chló,
A Mhic Dé, is mór mo mhúich.

I mBile Tiobradáin dom anocht. As an nGáile aníos, ólaim deoch. Mo dhírluadar féin, is traochadh lúith. A Mhic Dé, nach mór an mhúich?

VI

AN SEISIÚ LING

I mBILE TIOBRADÁIN DOM ARÉIR ACH CÁ bhfios cá dú a luífead anocht? Uafar an t-eimhealtas airc is ampla an aonaráin ach más uafar féin, ní huafar go hurú intinne. Crua an chinniúint an chorraíl shíoraí ach más crua féin, ní crua go síorsheachaint sochaí. Dona an bhrí easpa carad in éagmais an chomhluadair ach más dona féin, ní dona go Suibhne i dtólamh ina shirtheachán suarach síorshiúlach, ina rí gan ríocht, ina lao gan léis, ina án gan oidhre. Measa ar fad síor-shiosarnach na n-anghlórtha iolartha in ó na hintinne ó éirí go hearr gréine.

Anonn is anall an chuid eile den lá idir aistíl intinne is aclú aigne, taisí buartha na hintinne ag preabarnaíl go tomhaiste, ag baint barr dá chéile i mo chloigeann istigh, nó gur airíos le fuineadh néal nóna ag trá é....

Cé hé?

An t-éagumas intinne, ag éirí díom é....

Cé hé?

An t-aduantas éirime, ag éalú as uaimh na hintinne aníos é....

Cé hé?

An aistíl, mar a d'éireodh ceo meala den chluain chlúmhach aníos lá cuisneach crua-sheaca. Mar sin dom go ceann scaithimh: ar bhreathnú aníos dom arís, ní seacht spéir ná cúig spéir ná dhá spéir féin ba léir ach aon spéir ghléghorm ghlanghluair amháin arís ina brat bruadartha os mo chionn. Slán an scéalaí, slán an saol dá éis, nó an ar mo chéill arís dom? Níorbh ea óir ní raibh sásamh na méine sin i ndán don té ar eascain Rónán an Díoltais é i gcath Mhaigh Rath óir nochtadh d'fhear na heascaine go rabhas ag druidim le céill arís, agus rún fillte ar Dhál nAraidhe agam. In aisling dom is ea a chualas a ghlór: 'Aitimse an Rí uasal uilechumhachtach,' a deir sé, 'nár lige Sé d'inghreimtheach úd na heaglaise í a ghéarleanúint feasta mar a rinne cheana. Agus an pionós a leag Dia ar Shuibhne gránna i ndíol a dhímhiadh ar phobal Dé, ná raibh fortacht ná fóirithin dó de go scara a anam lena chorp, ionas nach dtabharfaidh a leithéid eile d'inghreimtheach dá éis mórmhasla ná beagmheas ar an Tiarna gona mhuintir.'

An achainí sin ag Rónán, níor bhruadar gan míthuar ná impí gan aisce óir ba ghearr ina dhiaidh sin gurbh éigean dom éirí de bhaothréim baoise as an áit sin amach agus teacht le dubhuair dhorcha dhuairc an mheán oíche go sleasa Sléibhe Fuaid. Ba ghearr ann mé gur thuigeas nár mhaith é mo mheanma, nár shiansach í mo shéis óir d'airíos an t-urú ag tuile arís i m'intinn, an chiall as an aigne amach arís ag trá, agus staic agus starraic déanta díom ann — óir cos níor fhéadas corraí! Céard a d'fheicfinn ansin faoi mo dhéin i lár na hoíche dorcha ag sianaíl is ag síor-éamh go huafar ághasta uaiféalta san aer os mo chionn ach cúig ceanna béalmhóra foltfhada srónchamtha roscghránna — cúig ceanna gan chabhail!

Arsa ceann acu de gharbhghuth grod: 'Chugaibh an gheilt!'

Arsa an dara: 'Chugaibh an gheilt? Chugaibh an gheilt Ultach!'

'Leanaigí go maith é ... mar gheilt ... mar gheilt Ultach!' arsa an treas.

'Gura fada fiannach géar gránna an leanúint!' arsa an ceathrú.

'Nó go dté romhainn i bhfarraige síos,' arsa an cúigiú.

Leis sin, anuas leo in éineacht faoi mo dhéin. Níor thráth faillí agam é: suas liom san aer i mo gheilt gur lingeas mo bhaothling ó mhuine go muine, ó ghleann go gleann, ó thulach go tulach — méar ná cos níor leagas ar lár ach an tsíorlingeadaíl ó áit go háit ar mo theitheadh rompu fud fad Éireann. Níor thréan ná níor thinneasach go dtí é an toghraim sin: na ceanna ag léim is ag lingeadh de mo cholpaí, de m'ioscaidí, de mo leasracha, de mo shlinneáin, agus de chlais mo chúil, gur shamhalta liom an tseisbhéim a bhí ag gach ceann acu ar a chéile agus an bhloscbhéim a níodh buinne díleann anuas ina ladhraibh d'ucht an tsléibhe lá gamhbháistí móire.

Go bánsoilse lae dóibh ag scréachach is ag sianaíl, ag seastán is ag síor-éamh ós iad do mo thoghraim ar an ordú sin nó go ndeachaigh ar neamhní uaim ar deireadh suas in eithiar uréadrom na firmiminte. Ní maith a chuaigh sceilmis na hoíche sin dom féin: seal nár ghiorra ná trí choicís dom ina dhiaidh sin le faoinneal is le foluain, le dobhar is le dásacht, ionas nach ligeadh an faitíos dom cónaí sách fada a dhéanamh in aon áit go n-ólainn an drigín uisce féin. Mar sin dom nó gur thánag go mullach Sléibhe hEidhneach gur oiris i mbarr seansceiche ann go maidin. Iad glanta as mo radharc is as m'intinn. Ansin an taom, an trua, an tuirse. Nach uafar olc atáthar liom? Cóir? Ceart? Ní hea ach éagaoineadh!

Éagaointeach domsa anocht,
Táim tuirseach trua, táim taobhnocht,
Dá bhfeasdaís mé na daoine:
Tá agam damhna éagaointe!

Reo, sioc, sneachta is síon
Do mo thuargain trí bhith síor,
Mo bheith gan tine gan teach
I mullach Sléibhe hEidhneach.

Teach mór agam is bean mhaith,
Ráite cháich: 'Suibhne is flaith!'
'Sé mo ruire, 'sé mo rí
An dia nua a ghoin mo bhrí.

Fáth mo thabhartha as an gcath?
Gan titim ann faoi anrath?
Is gan mo bheith rinn le rinn
Le Cailleach chríon an Mhuilinn? Ní fios!

Thug Loingsín mé don teach mór,
Áit a raibh an slua ag comhól,
Gur cheangail mé thiar sa deirc,
Go fiar os comhair mo chaoinseirc.

Slua an tí sin gan táire
Ag cluiche is ag gáire,
Mise is mo mhuintir féin
Ag leipreach agus ag léim.

Is cóir gur dom féin an t-olc,
Iomaí oíche, iomaí locht,
Mór de mhná is de dhaoine
A d'fhágas ag éagaoineadh.

Éagaointeach tuirseach taobhnocht dom an oíche úd ar mhullach Sléibhe hEidhneach. As an dídean sin, níor chorraíos go ceann coicíse eile dá éis le teann urghráin is ureagla. Tháinig chugam ar deireadh léas beag misnigh gur fhilleas ar Bheanna Boirche gur chaitheas seacht lá is seacht n-oíche ann, ach má chaith, ba é an filleadh gan fáfall é óir níorbh fhada ann mé gurbh éigean dom éirí arís. Uaidh sin amach ar mo bhaothréim baoise arís. As liom as an áit sin, ós dom ab éigean agus ós é mo ghnás. Gealtghnása — fearr dúinn siúl ná scís — nach crua an chinniúint?

LÁ DOM I LUACHAIR DEADHADH GUR thánag le fuineadh néal nóna go Fiodh glansruthach géag-álainn Gaibhle. Ba mhaith an áit: bliain mhór fhada sa dú sin dom, gan de lón agam ach caora croídhearga cruan-datha cuilinn, dearcáin darach dubhdhoinne, agus deoch d'uisce na Gaibhle. I gcionn na bliana, faoi thromthuirse agus faoi dhobrón dearmháir i ngeall ar olcas mo bheatha, deirim liom féin: 'Ní lia reanna na rua-spéire thuas ná na saigheada síoraiféala a chránn mo chroíse abhus. Ochán mise, ochán mé!'

Ochán, is mise Suibhne,
Mo chorpán is díol mairbhe,
Gan ceol gan codladh choíche
Ach osna gaoithe gairbhe.

Thánag ó Luachair Deadhadh
Go bruacha Feadha Gaibhle,
Is í mo chuid — ní cheilim —
Caora eidhinn, meas dairbhre.

Bliain lán dom ar an mbinn sin,
Faoin dubhdheilbh seo a bhfuilim,
I muinín miotaí caola,
'S caora corcra cuilinn.

Is mé geilt Ghlinne Bolcáin,
Ní bhead ag ceilt mo dhochráin,*
Anocht, tá críoch lem' láthar,
Nílim gan ábhar ocháin!

Ochán ach nach truamhéalach an tarcaisne dom mo theacht os comhair gach oireachtais a dhéanamh aithrí os comhair an tsaoil, agus nach suarach dom ar mo shíorthuras seachnóin Éireann — ós maith is eol dom a hionaid iomadúla — mo bheith ar síorchorraí ó áit go háit? Lá dom i gConnachta, i nDroim Iarainn, go ndeachas go brú na tiobraide tonnghlaise gur chaitheas cuid de bhiolar barrghlas na cille agus gur ibheas ní dá huisce dá éis. Gan an imir ife íortha féin i mo ghion gurb iúd amach as an eaglaisín chugam cléireach cantalach callánach ag fógairt is ag forrán orm le teann tnútha is tréanfhormaid gur chaitheas ní dá chuid!

'Suarach iad do bhéasa, a chléirigh, más é séanadh an bheagáin ar gheilt ghéar ghránna ghortach is cúis cheasachta agat. Agus a Dhé neimhe, nach mór an trua nach bhfuilirse im' riochtsa, a chléirigh, agus mise go cráifeach caoindúthrachtach mar atáirse?'

'Tuige sin, a dhuine?'

'Tuige sin? Tuige nach n-aithníonn tú mé?'

'Ní aithním.'

'Dá n-aithneofá, d'aithneofá láithreach nach sáil ná soinmheach is gnách do mo leithéid a bheith — in ainneoin a sílir faoi ghealta, a chléirigh sháil — nó go dté sé as an saol seo anonn go halltar.'

Arsa an cléireach ansin liom:

Is sáil sin, a ghealtagáin,
I mbarr na géige iobhair,
Thall le taobh mo bheannadáin*
Do chaithis mo chuid biolair.

Och! Ní sáil mo bheatha-sa,
A chléirigh Dhroma hIarainn,
Óir tá de mhéid m'eagla-sa
Súil dem' shúile nach n-iaim.

Fir an domhain dá bhfeicfinn
Chugam, a fhir an cheoláin,
I gcéin ar shiúl do theithfinn
Mar eiteallach an dreoláin.

Trua gan tusa im' inmhese,
Is mise im' chléireach dea-cháil,
Chun go dtuigfeadh d'intinnse
Nach ceird geilte a bheith sáil.

Ar Dhroim Iarainn arís, níor fhilleas. Mar sin dom, agus ar feadh i bhfad ina dhiaidh, i nGleann Bolcáin, ach go dtéinn ó uair go chéile ar sciuird seachtaine ar shiúl ó na gealta eile. Sciuird dár thugas go ndeachas go Cluain Cille, áit dheas chúlráideach, idir Tír Chonaill agus Tír Boghaine. Ar theacht ansiúd dom, caol díreach síos go sraith na tiobraide liom gur shásaíos íota is ocras le biol is biolar an oíche sin ann. Suas liom ansin i mbile na cille nuair a bhí mo shó ite is mo sháith ólta agam, ach má chuaigh, is maith a shaothraíos m'uidhe ann an oíche úd óir tháinig ina mhórdhoineann dhearmháir gur fliuchadh go dúid mo dhroma is cúl mo chraicinn mé.

Mór an trua, a deirim liom féin, mo dhála-sa anocht! Nach minic ráite agam é? Ach dar m'anam féin, is dar a bhfuil fanta fós den pheannaid is dlite dom os comhair an tsaoil, nach mór an trua nach ar Mhaigh Rath an léana a fágadh mo chual cnámh óir dá mba ea, nárbh fhearrde mo chonn is mo chiall inniu — is mé mín marbh ag fuireach le fuíoll fuinidh — seachas crua-ghleo an chatha agus tuargain na troda a bheith ag uallfairt is ag éamh go síoraí is go seasta ó inn go hinn mo chinn?

Is fuar é an sneachta arís anocht, chomh fuar sin is gur thúisce liom de dhán an mort meata mílámhach ar Mhaigh Rath ná an deacair dhoiligh dhíochra dhubhshneachta a bhfuilim ann!

Anocht, is fuar an sneachta,
Feasta, is buan mo bhochta,
Ós mé gan neart chun catha,
Im' ghealt, géarghonta ag gorta.

Léir do chách nach slán dom' dhreach,
Is lom i snáth mo cheirteach,
Suibhne m'ainm, ó Ros Earcán,
Mise an gealtán geilteach.

Bím gan fos ó thig oíche,
Ní leagaim cos ar chonair,
Cha bhímse sonn i gciana,
Tugann fúm fianna omhain!

Mo bháire thar muir bharc-ghlan,
Teithim thar sáile soc-lán,
Do ghabh time mo neartán,
Mé gealtán Ghlinne Bolcán.

Gaoth an reo do mo réabadh,
Leonta ag sneachta go féige,
An tsíon dom' bhreith in éaga
De ghéaga gacha géige.

Gonta ag géaga glasa,
Táid réabtha mo bhosa,
Níor fhága siad — na dreasa —
Damhna creasa dom' chosa.

Féach an crioth ar mo lámha
Brí ar bioth — fáth mo bhuartha,
Ó Shliabh Mis go Sliabh gCuillinn,
Ó Shliabh gCuillinn go Cuailnge.

Is trua mo nuallán choíche
I mullach Chruachain Oighle,
Ó Ghlinn Bolcáin go hÍle,
Ó Chinn Tíre go Boirche.

Is beag mo chuid ó thig lá,
Ar scáth, ní théann lá nua:
Barr biolair Chluana Cille,
Agus gleorán Chille Cua.

Ach a mbím i Ros Earcáin,
Bím gan imní gan olc ann,
An chúis a mbím aimhneartach:
Go mbím faoi shní go nocht ann.

Mar seo is mar siúd dom ach gach uile lá faoi smúit dom. Lá léanmhar eile dár chaitheas seachnóin na hÉireann faoi dheargnáire os comhair an tsaoil gur thánag go fuar faiteach le heaspartain go Snámh Dá Éan ar Sionainn, agus as sin go Cluain Boireann (Caireach Dearcáin, deirfiúr Rónáin Fhinn, san áit sin). Ba é dia na hAoine é agus cléirigh na cille ag déanamh a n-oird nóna, mná na cille ag tuargain lín. Ar mo theacht dom ann, céard a bheadh romham ach bean agus í ag saolú linbh: ba mhór an suaitheadh intinne dom a feiceáil amhlaidh ós í gan fear gan bean a cabhartha.

Níor chóir, a deirimse lena raibh cruinnithe ann, Aoine an Tiarna a mhilleadh mar sin óir feibh a thuairgeas an bhean an líon, is amhlaidh a tuairgeadh mo mhuintirse sa gcath ar Mhaigh Rath! Uídh ná aird ní bhfuaireas. Bocht an mhaise do lucht oird is dá mbantracht nach gcluineann glór an Tiarna, a deirim liom féin. Boichte fós dóibh nach dtugann aird ar scéala Lae Brátha á bhfíorú agus clog na heaspartan á bhualadh: oird ag fearaibh, líon ag mnáibh, gin á tabhairt chun saoil, binne liomsa guth na gcuach ar bhruach na Banna ná grig-gráig an chloig seo thiar! Suas liom sa mbile, áit ba bhinne liom, go ndúirt ón gcraobh anuas:

> Binne liom ar bhéal na dtonn
> (Cé go bhfuil m'ingne cranda)
> Ná grig-gráig clogáin buach
> Cú-cú ag cuach na Banna.
>
> A bhean, ná toirbhir do mhac,
> Dia na hAoine dídine,
> Lá nach longann Suibhne Geilt
> Ar sheirc Rí na Fírinne.

Mar a thuaras na mná an líon,
Mar siúd a tuaradh sa gcath
(Is fíor — cé mise a deir)
Mo shlua faoi their ar Mhaigh Rath.

Gealtán mé ós mé Suibhne,
Ní dual dom cion ó chách;
Mithid liom, a fhlaith is fial,
Mo thriall ar an mbeatha bhrách.

Dar Dia, a Chríost, ach cluin mé!
A Chríost na cathrach finne!
A Chríost, nár char an bhine,
Ná scar mé ó do bhinne!

As sin dom arna mhárach go Cill Dairbhile gur chaitheas ann de bhiolar na tiobraide agus d'uisce na cille. Doineann dhearmháir agus díle dhearóil arís ann an oíche sin.

An oíche seo i gCill Dairbhile
Is í a bhris mo chroí,
Dursan dom, a mhic mo Dhé,
Mo scaradh le Dál nAraidhe.

GO FADA DÁ ÉIS DOM AR AN ORDÚ ÚD gan fos intinne gan fuarú bonn, gan d'easair fúm ach an chrua-leaba chrainn inar dhligh Dia — trí bhriathra Rónáin — go luífinn. Gach oíche dár ársaigh, b'ionann í agus seacht bhfuaroíche gan faoilte; gach lá dár ársaigh, b'ionann é agus seacht dtéarma gan téarnamh. Ní raibh de shéis teanga agam ar feadh an ama sin ach an duairceas agus an dólás, an diachair agus an doghra, ó bhíos anois ar fascnamh leis an bhfia, ar iomlua le héanaibh, ar shiúl ó dhaoine, gan de mhothú fanta i mo mheanma ar deireadh ach síorshiosarnach na n-anghlórtha iolartha, an tsíorchaint liom féin faoin méid a thug ar uatha slua is sochaí mé, agus faitíos an éaga a bhí ag fanacht liom ar fhód mo bháis lá ab fhaide anonn ina chrá croí is intinne. Níor dhual ná níor dhán dom feasta, ná go broinne an bhrátha dá éis, ach an síortheitheadh roimh shochaí, an silleadh sceoin ar chách, an bás gan bhiseach, agus an síothlú sliobarnach gan slánú. Ba é mo chrónán i mbarr bile d'oíche is de ló:

Mo shoraidh slán don dóchas
Ós mé anois gan sólás,
Mo shoraidh slán don dóchas
Ós mé anois gan sóchas,
Mo shoraidh slán don dóchas
Ós mé anois gan téarnamh,
Mo shoraidh slán don dóchas
Ós mé anois gan éargna.

Mo chreach is mo chrá, is é sin fáth mo dheor. Is mithid liom triall ar fhód mo bháis.

VII

AN SEACHTÚ LING

SEACHT mBLIANA EILE AR SEACHRÁN dom seachnóin Éireann faoi dhuairceas is faoi dhomheanma ón lá léanmhar úd ar scaras le Fear Coille — gúr an gábh — nó go ndeachas go Barr Eidhinn ar thóir dín is dídin go gcuirinn díom ann mo dhréacht deiridh sula dtéinn ag triall ar fhód mo bháis:

I mBarr Eidhinn m'aireagal,
'Sé Gobán fear a dhéanta,
Grian, gealach, réalta faoi réir —
Eagnach iad faoin spéir shéanta.

Báisteach abhus, ní fhearann!
Sonn, ní baol dom ga ná rinn,
Dom ní call faitíos feasta,
Ball seasta ó inn go hinn!

Chuir díom ansiúd mo dhán scoir gur ghluais romham as Barr Eidhinn gur tháinig le díshorchú lae go rubha rua idir dhá ghleann. Suaimhneach suairc clos mo chluas ansiúd: glaise ghasta ghrianánach choirtheach chamlinnteach na Gairbhe ar a síor-shlí anuas le fána, reithine na reann, téigle an tsrutháin, agus go breacadh lae arna mhárach aiteas úraoibhinn na háite do mo tharraingt chuige go ndéanainn ann fos oíche.

Le héanúr adhmhaidine agus an biolar barrghlas ag glioscarnaíl faoina dhlúth-eire drúchta, chuir ocras is íota as mo chodladh mé. Síos liom go ciumhais leasa agus anonn go tiobraid gur chrom ar alpadh an bhiolair. Le láchan lae agus arís le fordhúchan feascair, thagainn ann ó ba shuaimhneach socair liom mar dhú é; biolar blasta barrghlas mar lón agam ó theirt go nóin agus baslach den fhuaruisce íon mar dhil ó nóin go hoíche. Lonnaim anseo go tráth teite arís, a deirim liom féin. Go ceann trí lá dá éis ar an ordú sin dom. Ar an gceathrú lá, gan caite ó mhiodh-nocht ach seacht n-uaire nó mar sin agus an lá ag géarú ar a sholas, ceiliúr na n-éan ag dul in athdhísc tar éis céadbhánú lae, thánag leis an méith-mhaidneachan as an mbile anuas ar mo chromada go sraith na tiobraide go gcaithinn ní dá húrmheas agus dá híonuisce.

Chugam an glór:

'Moch é do longadh, a fhir aduaidh!'

Shochtas ala nó go ndúras: 'Cé moch leatsa mo longadh, a chléireacháin, is fada caite an teirt sa Róimh!'

'Fada caite an teirt sa Róimh? Cén chiall sin nuair nach bhfuil caite abhus ó mhiodh-nocht ach na seacht n-uaire? Cá bhfuairis fios ar thráth nó ar theirt?'

'Ó mo thiarna féin a thig a fhios sin chugam, a chléirigh!'

'Ó do thiarna féin? Cé hé do thiarnasa, a Shuibhne mhic Colmáin?'

'Rí na Glóire Gile.'

'Rí na Glóire Gile ina thiarna agatsa, tusa ar tháir agus ar tharcaisnigh Rónán Fionn, searbhónta dílis rí neimhe is talún, é?'

'Ní hé Rónán Fionn is tiarna domsa ach rí neimhe is talún, an rí rán nár aithníos nó gur ghéilleas dó sa mbeatha dhuthain seo, tráth ar cuireadh as mo chéill mé.'

'An bheatha dhuthain? Ceist eile agam ort, a gheilt ghníomhach ghéar, cé a thug duitse m'aithnese?'

'D'aithnese, a chléirigh cháidh? Ní hansa sin óir nach é a bhí i mo chinniúint go dtiocfainn chugat, go Teach Mo Ling, ós ann a bheadh fód mo bháis? Is minic ar an bhfaiche seo mé le trí lá anuas ag feitheamh is ag faire ortsa ó dhubh go dubh.'

'Ag feitheamh is ag faire ormsa ó dhubh go dubh?'

'Is ea óir is tú Mo Ling mac Faoláin Fhinn, an té a ling an léim is mó dár lingeadh ó rugadh Ádhamh nó dá lingfear go dté grian ar dísc le bráth na breithe báine.'

'Go dté grian ar dísc le bráth na breithe báine? Coimhthíoch an chaint í sin ar an mbreith bháin ag an bhfear aduaidh.'

'Más coimhthíoch féin, nach thú Mo Ling líofa luaineach?'

'Is mé.'

'Nach thú freisin fear dúisithe na marbh, fear slánaithe na ndall, fear leigheasta na gclamh is na mbacach, agus fear cneasaithe lucht gacha teadhma archeana?'

'Is é atá ráite, a Shuibhne.'

'Nach thú an fear a ling a léim, dar Dia, nach thú?'

'Is mé, dar Dia.'

Sítheach sámh mo shuan an oíche sin cois tiobraide.

BREACADH LAE. CEILIÚR IS CANTAIN LE briseadh céalacain. Chugam arís é.

'Anseo, ag an tiobraid seo — Tiobraid na Geilte a hainm anois againn — a bheas tú feasta, a ghealtáin ghéir, agus ós ea, naiscimse ort cé mór a shirir gach lá ar thóir faoilte na ráige, go dtagair ar ais chugamsa anseo gach aon easparta go scríobhtar uait go cruthanta cruinn scéala is imeachta do bheatha ós eol dom gur mór le rá iad.'

'Fó sin, a Mho Ling, ach go neosairse domsa an méid seo anois — tuile agus trá na Síoraíochta, cá ciall sin?'

'Tuile agus trá na Síoraíochta?'

'Is ea.'

'Bhí sin ann sular leagais cos ar chlár cruinne agus beidh sin ann go brách i do dhiaidh. Sreabhadh an tsrutha sin a thug abhus thú, a Shuibhne sheingbhléin, agus is é sreabhadh céanna an tsrutha sin a thabharfas anonn uainn arís thú. Tar i leith anois go n-insí tú dúinn cuid ded' scéala is ded' sheanchas óir is fada i bhfios d'imeachta le bliain is fiche seachnóin Éireann.'

Tháinig.

'Cén dréacht teasmholta é sin a chumais ar fhiodhradh Éireann agus a chloistear agat á aithris ar craobh duit istoíche? Abair anois dúinn í go scríobhtar uait í.'

'Briste bearnach agam í ach déarfad.'

A bheannáin bhig, a bhúireáin,
A bhéiceáin is binn!
Is binn linn an caoichearán*
A níonn tú sa nglinn.

Eolchaire mo bheannadáin
A tháinig ar mo chéill:
Lusra úd an mhachaire,
Na hois úd ar sléibh!

A dhair dhosach dhlúthdhuilleach,
Táir ard os cionn croinn,
A chollláin, a chraobhacháin,
A chomhra cnó coill.

A fhearn, ní thú mo namhaid,
Is álainn do lí,
Ní dual duitse an deilgneacht
Pé bearna i mbír!

A dhraighneáin, a dhealgnacháin,
A airneacháin dhuibh!
A bhiorair, a bharrghlasáin,
De bhrú tobair luin!

A mhionáin na conaire,
Tú is milse mar luibh!
A ghlasáin, a adhghlasáin,
A mbíonn an sú ort 'na ruith.

A abhall, a abhlachóg,
Tréan-chraite ag cách!
A chaorthainn, a chaoracháin,
Is álainn do bhláth!

A dhriseog, a dhruimneachóg,
Nach ndámhann ceart cuir,*
Ní staonann tú dem' leadradh
Go mbír lán le fuil!

A iúir áin, a iúracháin,
Sa reilig go réil,
A eidhinn, a eidhneacháin,
De ghnáth i gcoill chéir.

A chuilinn, a chliotharáin,
A chomhla le gaoith!
A fhuinnseog ard urbhadhach,
A airm i láimh laoich!

A bheithe bhog bheannachtach,
Táir borrach is binn!
Álainn gach craobh cheangailteach
Ar mhullach do chinn.

A chrann chreathach ar creathadh
A chluinim ón sceach,
Do dhuille atá reathach,
Is geall sin le creach!

Mo mhioscais-se i bhfíobhaí?
Ní cheilim ar chách!
An dair mhór chraicneach dhuilleach
Ar síor-shiúl go gnách.

Olc an séan gur mhilleas-sa
Oineach Rónáin Fhinn,
Mé buartha ag a fhearta
Ag a chlogán ón gcill.

Olc an seán a fuaireas-sa:
Earra Chonghail chóir,
A ionar caomh cumhdachghlan
Go gcorthairí óir.

Ba é guth gach aon duine,
Den slua déadla daith:
'Ná téadh uaibh faoin gcaolmhuine
Fear an ionair mhaith!'

M'fhoighe roimh chath Chonghaile*
Ba shursan gan mheann,
Gur ghabhas ar udmhaille
Ag sireadh na mbeann!

Gleann Bolcáin mo bhitháras
I bhfaighim mo ghreim,
Nach iomaí niocht ar thugas
Tréanrith lena bheinn!

Dá sirfinn féin im' aonar
Sléibhte domhain doinn,
B'fhearr liom ionad aonbhoithe
I nGleann Bolcáin bhoirr.*

Maith a uisce fuar íonghlas,
Maith a ghaoth ghlan gharg,
Maith a bhiolar biolarghlas,
Fearr a fhochlacht ard!

Maith an t-eidheann íonghlas ann,
Maith an tsail ghlan ghrinn,
Maith an t-iúr (cé críon mar chrann)
Fearr an bheithe bhinn.

Dosán eidhinn iomuallach,
'Fhásas trí chrann cas,
Dá mbeinnse ina cheartmhullach
B'eagal liom teacht as.

Teithim roimh na fuiseoga,
Rithim tréanrith teann!
Lingim thar na cuiseoga
Ar mhullach na mbeann.

Fearán eidhinn iomuallach,
Tráth a n-éiríonn rúinn,
'Gearr a bhím á thárrachtain
Ó d'fhás mo bhrat clúimh.

Creabhar aertha antuigseach,
Tráth a n-éiríonn dom,
Geall é le mo dheargnamhaid
An lon a níonn scol.

Gach aon uair dá linginnse
Go teacht dom ar lár,
D'fheicinn creafannán*
Thíos ag creim na gcnámh.

Sionnaigh beaga ag bíogaireacht
Chugam agus uaim,
Mic tíre ann ag sceamhaíl,
Teithim roimh a bhfuaim!

D'fhéachadar le drannadh liom
De mhear-rith mór teann,
Gur theitheas-sa rompusan
Go mullaí na mbeann.

Castar liom mo pheaca trom
Ar conair's ar céis,
Léir sin dom óir caitear liom
Mar chaora gan léis.

Siúd thuas an reo réaltánach
'Fhearas ar gach linn,
Táim suarach scíth seachránach
Á shilleadh uaim ón mbinn.

Na corra a níonn a nglao
I nGleann Aichle fuair,
Ealta éan go hiomluath ann
Chugam agus uaim!

Ní maith liom an sibheanradh
A níonn fir is mnáibh,
Binne liom an ceiliúradh
A níonn loin ón aird.

Ní maith liom an stocaireacht
A chloisim go moch,
Binne liom ag brocaireacht
Broic i mBeanna Broc.

Ní maith liom an chornaireacht
A chloisim go teann,
Binne liom ag damhaíreacht
Damh dhá fhichead beann.

Is mé Suibhne sirtheachán,
Luath mo léim thar gleann,
Ní hin is deithbhir ainm dom,
Liom go mór is fearr Fear Beann.

Dhá bhiol is fearr a fuaireas:
Tobar Leithid Láin,
Ar áille, ar fhionnuaire —
Fuarán Dhúna Máil.

Cé minic dom ar imirce
M'éadach inniu is gearr,
Mé féin a níonn m'fhoraire
Ar mhullach na mbeann.

A raithneach, a rua-fhada,
Is ruaite do leann,*
Ní easair fir fhuagartha*
Iad gabhla do bheann.

Is ann a bheas mo bhith-luí
Cois an taidhin tinn,*
Ag Teach Mo Ling bith-ainglí,
Machtfar mé le rinn.

Cúis mo theacht id' chumannsa —
Mallacht Rónáin Fhinn,
A bheannáin bhig, a bhúireáin,
A bhéiceáin is binn!

AR AN ORDÚ SIN DOM GO CEANN BLIANA: siar is aniar, síos is aníos, de bhaothréim ró-reatha idir dhá dhubh ó cheann ceann Inse hEalga, i mo gheilt ag teacht is ag imeacht de réir mo thola is mo chos as Teach Mo Ling. Go hInis Bó Finne lá, go hEas róchaoin Rua lá eile, an treas lá go Sliabh míntálainn Mis, amanathar go Beanna biothfhuara Boirche. Mar sin dom gach aon tráth, i m'aon-gheilt uathach uamhnach urnocht, ach go bhfillinn i gcónaí, mar a d'éiligh an t-oiriúntas, le heasparta is seanchas a dhéanamh gach oíche le Mo Ling. Bhí den oiriúntas sin go mbíodh proinn bheag agus míreanna méine le fáil agam ar mo theacht ar ais le díshorchú lae. Muirghil, banchóig na mainistreach, a dháileadh — ba í ba bhean do Mhongán, muicí Mo Ling, fear borb barbartha más rua le rá é — go ndingeadh a sáilín séimh go deisealach díreach go rúitín sa mbualtrach ba neasa di go bhfágadh ann díol geilte den leamhnacht lachtmhilis agus go dtagainn féin go fuireachair faiteach gach oíche go clós na buaile go n-ibhinn braon den bhainne blasta sin.

Oíche dár fhilleas le clapsholas ar Theach Mo Ling go gcaithfinn ann de phroinn na bualtraí, chonaiceas uaim i ndoras na reilige duine de mhuintir Mo Ling — Éanna mac Bracáin — clog na prímhe ina láimh aige á bhualadh agus na bráithre aige á ngairm isteach chun guí. Suim níor chuireas sa méid sin nó go bhfeicim chugam anall ar a obannbhionda — aoibh an oilc ar a éadan, dreach an donais ar a dhrochghotha — Mongán Muicí. Mór mo shuntas, mór mo scéin an uair sin — agus a údar agam — óir chugam anall tríd an aer gan choinne gan chairde de ruathar rí-ghéar reatha an ga as a láimh gur ghoin — agus gur ghéarghoin! — in odhar na cíche clí mé gur ghabh gob an gha ghéir sin tríom isteach go croí gur briseadh mo dhroim ar dhó. Leis sin, loim fola le fána mo smige anuas. Cén chúis nó cén ní ba mhana doirn thar smeach?

AR OSCAILT MO DHÁ SHÚIL DOM, SIÚD ag breathnú anuas orm Mongán marfach.

'Cá cor duit, a gheilt?' ar sé go spadintinneach.

'Cá cor dom, a bhuachaill? Duairc díobhálach do dho-chorsa ormsa nuair nach bhféadaimse — i ngeall ar mo ghéarghoin uaitse — teitheadh feasta faoin bhfál ná sireadh seachnóin Éireann. Sonn dú dom feasta, monuar, a Mhongáin!'

'Mo thrua ghéar dheacrach sinn beirt, a Shuibhne.'

'Sinn beirt? Céard a chuir mise isteach ná amach ortsa riamh, a bhuachaill, ach beannú duit nuair a chastaí ar a chéile sinn?'

'Dia mar urra agam air ach dá bhfeasfainnse an uair sin a bhfeasaim anois, ní hé an t-éad a bheadh gafa faoi mo chroí, mar a chuaigh, ach trua is taise duitse, a Shuibhne, a gheilt bhocht. Níor ghonta ar chor ar bith thú, ba chuma cén t-aimhleas a bheadh déanta agat.'

'Ba chuma cén t-aimhleas a bheadh déanta agam, a Mhongáin? Cén t-aimhleas a rinneas-sa?'

'Fál i ndiaidh na foghla anois é, a Shuibhne, ach mar seo a tharla: mo dheirfiúr féin a casadh orm ar a bealach anonn le bainne a fhágáil agatsa sa mbualtrach i ngar don fhál ina rabhas féin i bhfolach. Mar seo a deir sí liom: 'A dheartháirín ó, ach nach tú an cladhairín meata agus do bhean ag an bhfál sin thall ar a síneadh fada ag fear eile!'

'Ach cén chaint sin ort? Arnó, níl ag an bhfál sin thall ach an gheilt aduaidh. Cén blas nó boladh a bheadh le fáil ag Muirghil ar an gcréatúr clúmhach gearbach sin?'

'Ní créatúr ar bith é sin ach cneamhaire cleasach collaí! Le mo dhá chluais féin a chualas aréir é,' a deir sí ansin gur inis dom mar a tharla di an oíche roimhe sin. Bhí ina chaismirt idir í féin agus bean eile dá bhfuil san áit, go raibh ina phriocadh ar a chéile eatarthu, go ndúirt an bhean eile ar deireadh le teann spíde is feirge:

'Nach dona duit,' a deir sí, 'nach fearr leat d'fhear féin ag éirí ort ná an gheilt ghránna úd atá dod' thaithiú le bliain anuas.'

'An gheilt ghránna úd? Dom' thaithiú le bliain anuas? Dún do chlab ar a chéile ó thug tú d'éitheach, a shean-fhaighean!' arsa Muirghil.

'Dar Críost, a deirim leat, a Mhongáin, dúirt sí an ceart óir ba bhréag uaithi an chaint chuici. Ní raibh aon teanntás agamsa riamh ar Mhuirghil ná aicise ormsa. Ba bheag an díobháil duitse mise a bheith ag an bhfál seo thall agus bainne beag á fháil agam ar son Dé ó Mhuirghil. Ní dhearnas-sa ó chuir Dia ar gealtacht mé aimhleas aon neach beo dá bhfuil ar dhroim domhain, ní áirím aimhleas na mná úd aréir.'

'Nach mór is mairg liomsa gurb é anois tráth a dhearfa dúinn, a Shuibhne.'

Leis sin, chugainn anall Mo Ling gona chléirigh chuig an áit a raibh Suibhne bocht, an fear foluaineach as Maigh Rath an Áir caite ar chaol a dhroma, agus an rua-fhuil ina roiseadh reatha go lár amach asam. Arsa Mo Ling le Mongán:

Trua sin, a mhuicí Mo Ling,
Do rinnis gníomh talchair tinn,
Mairg a mhacht, as los a neirt,
An rí, an naomh, an naomhgheilt.

Olc an deireadh duitse sin,
Teacht faoi dheoidh gan aithrí thinn,
D'anam 'bheith in ifreann thíos,
Do chorp i seilbh Deamhain sa ngríos.

Ionann dú dúinne ar neamh
Domsa is dósan, don fhear,
Gabhfar sailm ag lucht aoine
Ar anam an fhíor-aoi seo.

Mairg a mhacht, as los a neirt,
An rí, an naomh, an naomhgheilt.
Do rinnis gníomh talchair tinn,
A mhuicí Mo Ling, trua sin!

'Suarach do scéala, a Mhongáin, agus mallacht Chríost ort óir is olc an gníomh a rinnis. Gairide saoil abhus duit agus ifreann gan foirceann thall duit i ngeall ar an drochghníomh a d'imrís ar an bhfear aduaidh.'

'Ná déan, a Mho Ling, ná déan! Ná dean air ach trócaire óir cén éadáil domsa a dhamnú go hifreann síos?'

'Tá go maith, a Shuibhne, a gheilt ghéar. Maith

an éiric duit an méid sin óir beidhir i bhflaithis Mhic Dé i mo theanntasa.'

'Fánach feasta bhur bhfriotal,' a deirim ansin leo, 'óir tá íonchreach na héagóra á cruinniú isteach chuige ag an mbuille feille. Cá háit a bhfaighfead fos faoin ngréin, sonas seasmhach, nó fothain séin? Éistigí feasta liom go luím siar....'

CEANGAL

Mé Mo Ling a reic an ris,
Scéal nach suairc mo chroí a bhris;
Stair éachta — ní cóir a ceilt:
Dréachta dobróin Shuibhne Geilt!

NÍ FADA EILE A MHAIR AN FEAR ADUAIDH. Le gealsolas gréine ar an treas lá, tráth ceiliúir éan ar craobh, ghluaiseas chuig an áit a raibh ar a otharluí éaga.

'Trí lá go ham seo ó ghlacais an ghéarghoin ó Mhongán marfach, a Shuibhne.'

'Trí lá go dearbh, ach nach beag an ní trí lá le hais ar thugas, ó caitheadh ar sheargshop an tsaoil seo mé, ag diúl dubh-lachta domblasta na duthainbheatha seo?'

'Is beag, dar Dia. Nach iomaí lá a chaitheamar beirt — slán síst — ag comhrá le chéile anseo thall ag Tiobraid na Geilte?'

'Nach iomaí....'

'Fada ag fuireach thú, a Shuibhne, leis an lá seo.'

'Is fada gan bhréig. Is mithid adrásda fómhar m'anama a dhéanamh, a Mho Ling.'

'Is mithid, a Shuibhne. Tar i leith, más ea, go mbaistfear thú, go ndéanair faoistin, leorghníomh, is aithrí mhór, le go mbéarair bua ar dhomhan is ar Dheamhan go bhfaighir aspalóid is ungadh, agus go nglacair corp Chríost dá éis mar thurach do thabhartha chun na beatha síoraí.'

'Mar thurach mo thabhartha chun na beatha síoraí?'

'Is ea, a Shuibhne, óir níl gníomh dá dhonacht nach leorghníomh a dheireadh.'

'Is mór é m'aiféala faoina ndearnas de mhór-olc is de mhioscais ar feadh mo shaoil nó gur fágadh i mo gheilt ghann ghortach faoi dhallcheo an domhain doinn mé.

Beirim buíochas leat as sin,
Do chorp, a Chríost, a roinnt linn,
Ním aithrí íonghlan abhus
I ngach olc riamh dá ndearnas.'

Bhuail faitíos is fíor-eagla ansin an gheilt go ndúirt:

'Tá ala an uafáis ar fáil ... bás de rinn agus damnú go hifreann síos dá éis.'

'Ní hea, a Shuibhne, ní hea. Ego te absolve ...'

'Nach fada aniar a thagas deasca an drochbhirt?'

'Ní hea, a Shuibhne, ní hea ... a peccatis tuis ...

in nomine Patris et Filii et Spiritus Sancti. Is gearr uait anois, a Shuibhne sheing, is gearr uait.'

'Is gearr sin, is gearr....'

Lig siar ansin le hadhairt a cheann gur thit air a thámhnéal báis is buanchodalta. Le titim oíche a d'éag. Chruinnigh isteach ansin a shochraide líonmhar go ndearnadh é a thórramh go ró-onórach agus gur fhág muintir na mainistreach slán leis ina nduine is ina nduine.

'Ecce homo! Ecce rex! Ionúin uasal oirirc an rí, an naomh, an naomhgheilt atá ina chodladh ansiúd — Suibhne Geilt mac Colmáin Chuair, Rí Dhál Araidhe. Beati mortui, qui in Domino moriuntur. Requiem aeternum dona ei, Domine.'

'Lux perpetua luceat ei! Áiméan.'

Féach anseo Leachtán Shuibhne,
Croí cráite dom a chuimhne,
Ionúin liom fós, ar a sheirc,
Gach airm a mbíodh an naomhgheilt.

Ionúin liom Gleann Bolcáin bán,
Ar a sheirc ag Suibhne slán,
Ionúin gach sruth a thig as,
Ionúin a bhiolar barrghlas.

Féach Tiobraid na Geilte thall,
Ionúin cách dar bia a barr,
Ionúin liom a gaineamh glan,
Ionúin án a biol nach gann.

Ormsa a thit a fhaichill,
B'fhada liom é go bhfaicfinn
D'iarr a bhreith go lár mo thí
B'ionúin é in eadarnaí.

Ionúin gach sruth go bhfuaire
Ar a mbíonn biolar barr-uaine,
'S gach tobar uisce ghil
Ó ba lón ag Suibhne sin.

'S más toil le Rí na Reann
Ar do dhá chois seas go teann
Tabhair dom, a chroí, do lámh,
Seo leat ar shiúl ón leachtán.

Ba bhinn liom comhrá Shuibhne,
Cian a fhanfas liom a chuimhne:
Aitim mo Rí neimhe nár,
Os a leaba, os a leachtán!

Óna lomleachtán liag, ghluaiseas liom go dtéinn ar an uaigneas dom féin faoi chéibh na coille thall ba dhil le Suibhne tráth. An binnchomhrá a rinneas leis an bhfear aduaidh ina sheoithín sítheach i mo cheann, agus ceiliúr fós ag éan ar craobh faoi sholas geal gréine.

IARFHOCAL[3]

Buile Shuibhne: mórthéacs uathúil dífhasaigh de chuid chanóin liteartha na hEorpa ina gcloistear, roinnt céadta bliain sular tharla a leithéid sa gcuid eile de litríocht an Iarthair, guth sainiúil an aonaráin; saothar sciamhach neamhchanónda de chuid na Gaeilge ina dtugtar léargas den chéad uair riamh in aon cheann de theangacha neamhchlasaiceacha na hEorpa ar an ngeilt agus ar an lorg a fhágas an leonadh intinne — an tráma — ar intinn an té dá ngabhann a leithéid; scéal suaithinseach ina bhfuil na seacht dtéamaí uilíocha: an grá, an ghruaim, an duairceas, an suairceas, an t-aiféala, an maithiúnas, agus an slánú; scéal faoin ngalar intinne, faoi mhaslú na hEaglaise, faoi oidhe íogair an duine. Téacs a bhfuil teachtaireacht ábhartha ann do lucht ár linne féin ós minic ar na meáin [mhí]shóisialta iad siúd is laige ná lucht a lasctha á náiriú go poiblí, iad siúd is mó a thuilleann trua á bhfágáil taobh leis an uirísliú urghránna os comhair an tsaoil.

Sa seachtú haois, tráth a raibh an Chríostaíocht fós ina colg céadach ag spealadh roimpi trí ghlasghoirt na geintlíochta (ach go raibh corr-rí fanta thall is abhus a bhí fós ag cur cosa i dtaca) atá an scéal suite, scéal ina gcuirtear síos ar an díobháil shíceolaíoch agus fhisiciúil a d'imir an chinniúint ar fhear a thug dúshlan na Críostaíochta agus

[3] Tá plé níos cuimsithí agus níos faide déanta agam ar an mbuntéacs féin agus ar gach a mbaineann leis anseo: '*Buile Shuibhne:* vox insaniae from Medieval Ireland', in *Mental Health, Spirituality, and Religion in the Middle Ages and Early Modern Age*, in eagar ag A. Classen, (Beirlín & Nua-Eabhrac: de Gruyter), 242–289.

a d'íoc deachma dá réir — an geintlíoch Suibhne mac Colmáin Chuair, Rí Dhál Araidhe (a bhí suite sa limistéar ó Shliabh Mis anuas go hIúr Cinn Trá). I ngeall ar an masla a thug sé do Rónán Naofa agus ar an mallacht a chuir sé siúd air a chaill Suibhne a ainm-in-airde mar cheannaire míleata ar pháirc an áir agus a chuaigh sé le craobhacha dá éis ionas gurb í an chinniúint a d'éirigh dó fuíoll a bheatha a thabhairt mar *vogelmensch* nó *fear-éan* ó chrann go crann is ó bheann go beann ar a theitheadh ó lucht a bhasctha is a ghéarleanúna.

An té a cheap agus a shaothraigh an buntéacs, a d'fhaghair is a ghaibhnigh ina intinn féin gach litir, gach siolla, gach focal, gach clásal, gach abairt, gach líne, ceathrú, is comhardadh, gach uile ní dá bhfuil sa téacs, sular cuireadh aon chuid de ar pár, bhí sé cumasach cliste thar na bearta. Más uainn a cheart a thabhairt don té sin a thug glór don gheilt bhocht Suibhne, más uainn a cheart a thabhairt don téacs a chruthaigh sé, ní miste cuimhneamh ar an gcaint a chaith Funk faoin bhfile déanta (.i. an 'authentic poet') mar *an té atá gafa thar teorainn na gnáthchainte amach, isteach i gcríoch na cainte aineoil: mar a bheadh sé ag iarraidh an rud nár cuireadh i bhfriotal fós a chloisteáil agus a chur i gcéill dó féin.*[4] An té a scríobh *Buile Shuibhne*, leag sé béim ar leith ar an indibhid, ar oibriú do-thuisceana na hintinne, ar iarmhairt oidhiúil na buile,

---

[4] .i. '[...] one who has crossed the frontier of conventional parlance into unchartered linguistic terrain: he is seeking to hear, as it were, and to articulate for himself that which has not yet come to expression', Robert W. Funk, *Language, Hermeneutic, and Word of God*, (Nua-Eabhrac: Harper and Row, 1966), 2.

agus ar dhán doiligh an té ba chuid tráth den tsochaí sin arbh éigean é féin a dhíbirt ar deireadh aisti. Chruthaigh sé pearsa a bhfuil an daonnacht agus an dólás greanta chomh grinn sin air gur doiligh a chreidiúint nárbh ann dó riamh. Ní beag sin de theist ar an údar, beannacht Dé ar a anam.

Ar an tsraith dá ngairtear Scéalaíocht na Rí is gnách le lucht léinn *Buile Shuibhne* a áireamh, i dteannta le dhá théacs eile .i. *Cath Mhaigh Rath II* (*ca.* 1300) agus *Fleá Dhún na nGé* (*ca.* 1100). I dtrí cinn de lámhscríbhinní a mhaireann an scéal: Acadamh Ríoga na hÉireann B iv 1, lgh. 82a–95b, a bhreac Dáibhidh Ó Duibhgeannáin idir 1671–5 (ach ar bhreac Séamas Mac Con Midhe é féin dhá leathanach di); Acadamh Ríoga na hÉireann 23 k 44, lgh. 131–180, a bhreac Tomhaltach Mac Muirghíosa idir 1721–1722; agus lámhscríbhinn 3410, fo. 59a–61b de chuid Leabharlann Ríoga na Beilge, san áit a bhfuilimid, i mBruiséil, a bhreac Míchéal Ó Cléirigh i 1629, ina bhfuil leagan ciorraithe dá scéal (dar teideal *Eachtra Shuibhne*), agus formhór na filíochta ar lár ann.

Mar is dual do chuid mhór de litríocht na Meánaoise, is téacs é *Buile Shuibhne* a bhfuil snátha iomadúla seanchais snaidhmthe ina chéile ann. Is téacs é a thugann léargas dúinn ar ilghnéitheacht an traidisiúin as ar fáisceadh Suibhne ach a léiríonn freisin nár éirigh le húdar an bhunscéil na snátha sin a thabhairt faoi réir a chéile go sásúil ná go comhsheasmhach. Ní locht ar an údar sin óir is de thréathra na cruthaitheachta meánaoisí gur mar sin a tharlódh. Fágann sin ar fad go bhfuil cuid mhór den mhí-réir reacaireachta sa mbuntéacs agus gurb é dúshlán an athchóiritheora an mhí-réir sin a sheachaint, téacs taitneamhach a sholáthar do léitheoirí na linne seo, agus a bheith dílis don bhunábhar san am céanna: ní dúshlán go dtí é.

Ní lomaistriúchán ar *Buile Shuibhne* é *Mé Suibhne* ach athmhúnlú, athshamhlú, agus athcheapadh a cuireadh in oiriúint do thuiscintí agus do lucht léite na linne seo. Bíodh is gur ar an seanscéal a bhunaíos an saothar seo — ag tarraingt dom ar an eagrán breá a rinne James George O'Keeffe[5] (agus ar na lámhscríbhinní féin nuair a theastaigh) — bhaineas focail, frásaí, nathanna, deismireachtaí, leaganacha, múnlaí, abairtí, snátha seanchais, smaointe, agus bloghra go leor as an gcuid eile de *dossier* Shuibhne, as na nótaí imill agus tagairtí fánacha don seanchas Suibhneach atá le fáil in *Codex Sancti Pauli,* i *Leabhar na hUachongbhála*, nó i *Leabhar Dhéan an Leasa Mhóir*, as na téacsanna eile sin ina luaitear é féin gona imeachtaí — *Cath Mhaigh Rath*, *Fleá Dhún na nGé*, *Agallamh na Seanórach*, *Fís Éanáin*, *Cath Fionntrá, Beatha Coluim Chille*, agus as na dánta sin de chuid an aonú haois déag a leagtar ar Mo Ling agus atá ar caomhnú anseo i mBruiséil i lámhscríbhinn 5100–4 de chuid Leabharlann Ríoga na Beilge.[6]

Ós pearsa uilíoch é Suibhne, síleann gach uile mhac máthar gur leis féin é, go bhfuil aithne aige air, go

---

[5] James George O'Keeffe, *Buile Shuibhne (The Frenzy of Suibhne). Being the Adventures of Suibhne Geilt. A Middle-Irish Romance* (Londain: Irish Texts Society, 1913).

[6] Féach Joseph van den Gheyn, *Catalogue des Manuscrits de la Bibliotheque Royal de Belgique*, Tome Cinquième (Histoire—Hagiographie) (Bruiséil: Henri Lamertin, 1905), 384–89.

dtuigeann sé a chás: galar é seo a bhíonn ar lucht an Bhéarla go mór mór, dream nach dtuigeann — i ngeall ar a ndearna Heaney (*Sweeney Astray*, 1983) — nach taibhsiú fírinneach barantúil ná bailí ar na foinsí an torathar frankensteineach[7] a chruthaigh sé féin is a lucht leanúna, dream nach dtuigeann nach raibh a leithéid de phearsa riamh ann agus Mad Sweeney. Thar nithe go leor, d'fhéachas leis an ngreim atá ag an mBéarla ar Shuibhne — an *madsweeneyeachas* teangamharfach sin — a ruaigeadh trína dhúshlán a thabhairt, athsheilbh a fháil ar ár ndúchas féin, ar ár n-oidhreacht liteartha féin, ar ár Suibhne féin, agus iad siúd nár thuig agus nach dtuigeann blas beo ina thaobh ach an méid a léigh siad faoi as Béarla a chur de dhroim seoil ós sinne seachas aon dream eile oidhrí dlisteanacha agus lucht seilbhe na litríochta sin feasta. Murar den cheartas polaitiúil ná den chineáltas an méid sin a rá, is trua liom mo cheird.

Ó thaobh láimhseáil agus seicheamh an bhunábhair, thugas saoirse go leor dom féin mar go bhfuil *Buile Shuibhne* chomh foirgthe sin in áiteanna leis an leadrán is le laigí struchtúrtha, le hathrá is le dúbailt, leis an easpa

[7] Féach a leithéid seo: 'Mad Sweeney was originally King Lugh of the Tuatha Dé Danann who fought against the Fomorians, who were led by his grandfather, Balor. He threw a spear through Balor's eye and beheaded him. He was the High King of Ireland from 1870–1830 BC. He evolved into the Irish king Suibhne who was cursed by St. Ronan to madness and wandering. On the eve of the Battle of Moira in AD 637, he is transformed into a bird and flees in derangement. He was brought to America by Essie MacGowan and others like her. He eventually lost his accent and many of his memories after living in America for so long.' https://americangods.fandom.com/wiki/Mad_Sweeney

críochnúlachta is dual do litríocht na linne sin, nach bhféadfaí leanúint go dall dílis dá lorg dá mbeifí le téacs taitneamhach a bhaint as: chaithfí leagan amach nua a chur ar an ábhar agus cuid de a chur i leataobh ar fad, go deimhin. Ós amhlaidh a bhí, cé gur chloígh mé ar an mórgóir ó thaobh leagan amach agus chruth an scéil de le seicheamh na n-eachtraí mar a bhí sa mbunleagan, bhuaileas leagan amach 'seachtardha' (.i. na seacht ling) anuas ar an iomlán. I dtaca le seachnóineachas Shuibhne agus leis an gcuid sin den téacs ina gcuirtear síos ar an tsíor-chorrthónacht, rinneas aon chaibidil amháin de (.i. an seisiú ling) mar nach bhfuil sa gcuid sin den bhunleagan ar deireadh ach athrá ar an téama céanna. Anuas air sin, chruthaíos croineolaíocht do Shuibhne .i. bliain is fiche nuair a tháinig i gcomharbacht ar a athair Colmán Cuar, ocht mbliana is fiche nuair a chuaigh le craobhacha, naoi mbliana le cois an dá scór nuair a cailleadh, agus mar sin de, rud nach raibh sa mbunleagan.

Maidir le hainm an tsaothair, beidh daoine ann (go bhfága Dia againn iad) a mbeidh lucht acu air mar gur dóigh leo go bhfuil an t-ainm sin mí-nádúrtha ó thaobh na Gaeilge comhaimseartha de .i. gur nádúrtha go mór, dar leo, *Mise Suibhne* a rá. Ní bréag nach bhfuil rud le rá acu ach ní mór a thuiscint, mar sin féin, gur traidisiún gan bhearna gan bhriseadh — ionar gan uaim — is léir don té a d'athchóirigh an bun-saothar agus nach mian liom géilleadh don mhíthuiscint ná don mhí-anailís ar théada taca an traidisiúin.

In dhá théacs Sean-Ghaeilge de chuid an Fhéineachais (*Breatha Cróluighe* agus *Breatha Dhéin Chéacht*) is túisce léargas le fáil in Éirinn (agus go deimhin in iarthar Eorpa in aon cheann de theangacha na ndaoine) ar an meabhairghalar, ar na cearta is freagrachtaí ba dhlite do na heasláin, go mór mór dóibh siúd nár shlán dá séis. I dtéacs eile de chuid an tseanreachta — *De Dhrúthaibh, Mearaibh agus Dásachtaibh* a cumadh thart ar an mbliain 900 — pléitear nithe áirithe a bhain le lucht na hintinne íogaire, agus castar orainn na trí théarma ba choitianta sa tréimhse roimh 1200 le cur síos orthu — *drúth*, *mear*, agus *dásachtach*, trí fhocal nach maireann a mbrí ainmfhoclach ach sa gcaint fhileata sa lá atá inniu ann ós mar aidiachtaí amháin a mhaireann sa ngnáthchaint. Dá raibh de théarmaí sa bhFéineachas ina dtaobh siúd dá ngabhann an galar intinne, is aisteach le rá nach bhfuil an focal *geilt* ina measc ar chor ar bith. Ó tharla, más ea, nach mar théarma dlí a mhaireann ach mar ainm a thugtar i gcomhthéacsanna liteartha nó bréagstaire ar dhuine a ghabh le craobhacha, cá bhfios nach bhfuil ann ar deireadh ach déantús liteartha de chuid lucht scaoilte na scéal?

Maidir leis an bhfocal *buile*, is ón leagan Sean-Ghaeilge *baile* a shíolraigh, focal a raibh dhá bhunchiall leis dar le DIL: 1) *fís* ['vision'], agus 2) *mire* ['frenzy'], nó *mearchiall* i ngeall ar thaispeánadh osnádúrtha ['madness (originally arising out of super-natural revelations)'].[8] An chiall chéanna, mórán, a thugann an LÉIA[9]: 1) *fís eacstaiseach* ['vision extatique'], agus 2) *mire* ['folie']. Sa

---

[8] eDIL s.v. 2 baile.

[9] Joseph Vendryes, E. Bachellery, agus Pierre Yves Lambert (eagí), *Lexique Étymologique de l'irlandais ancien: Lettre B* (Baile Átha Cliath: Dublin Institute for Advanced Studies, 1981).

dara haois déag a chastar orainn den chéad uair na leaganacha *for buile* (—> NGh *ar buile*) agus *fri buile* (—> NGh *le buile*) bíodh is nach dtagann siad i dtreise i gceart go ceann tréimhse is faide anonn ná sin. De réir O'Rahilly, bhí an tseanchiall (a bhain le fís nó 'mantic utterance' mar a thugann sé air) imithe i léig faoin dara haois déag agus an chiall ba choitianta ina dhiaidh sin (.i. 'madness' mar a thugann sé air) in uachtar.[10]

An té a rachadh ar thóir na pearsan stairiúla Suibhne mac Colmáin Chuair agus a leanfadh lorg na bhfoinsí (na ginealaigh nó na hannála, abair), tásc ná tuairisc ní bhfaigheadh air in aon áit. An beagán féin a d'aimseodh, ba ghearr go léireodh gur ina chíor thuathail ar fad atá sna foinsí maidir le Cath Mhaigh Rath — an cath a bhris Domhnall mac Aodha mhic Ainmhireach (Uí Néill an Tuaiscirt) ar Chonghal Claon mac Scannláin (Dál Riada) sa mbliain 637, de réir Annála Uladh — agus maidir le Suibhne féin. Go deimhin, sna hannála is sine, ní luaitear Suibhne dubh bán ná riabhach leis an gcath, ach i dtacar eile díobh, deirtear gurb ann a cailleadh é. Is leor sin lena léiriú nach raibh na luathstaraithe féin ar aonfhocal faoi Shuibhne ná faoinar bhain dó.

De leisce an fhadscéil, más ea, tá chuile chosúlacht air nach raibh a leithéid de dhuine riamh ann agus Suibhne mac Colmáin Chuair. Fágann sin gurbh éigean don údar an fhicseanúlacht a chur ar gcúl agus pearsa fhíorasach a chruthú as an nua san áit nach raibh a leithéid riamh

---

[10] Thomas F. O'Rahilly, 'Notes, Mainly Etymological,' *Ériu* 13 (1942), 151.

cheana. Ina theannta sin, b'éigean dó glór uathúil inchreidte a thabhairt don phearsa sin lena scéal a inseacht. Níor bheag sin de dhúshlán. Ach an té a léas *Buile Shuibhne*, ní rithfeadh go brách leis, sílim, nárbh ann riamh do Shuibhne Geilt. A chúis sin? Gur éirigh chomh maith sin leis an údar an fhicseanúlacht a chur ar gcúl trí bhunchloch de *fictions de vérite* (mar a thug Dragonetti [11] air) a chruthú lena nuascéal a chumadh: meascán den stair is den tsamhlaíocht, den bhréag is den fhírinne chruthaíoch.

Ba í mallacht Rónáin an cuidiú ba mhó a fuair an t-údar leis an bhficseanúlacht a chur ar gcúl mar gur i ngeall ar an mallacht sin nár tháinig aon duine eile de shliocht Cholmáin Chuair ina dhiaidh mar rí ar Dhál nAraidhe nuair a cailleadh Suibhne ach gur scrios sleachta, díothú díne is cac ar craobha a lean dá éis! Rud eile a rinne sé ab ea áit lárnach a thabhairt don timpeallacht, don tírdhreach, don dinnseanchas trí áiteanna aitheanta a lua, rud a chuirfeadh dreach na fírinne ar an scéal a bhí á reic aige. Is é is spéisiúla faoina ndearna sé gur meascán den fhírinne agus den bhréag atá le fáil sa scéal .i. áiteanna a d'aithneodh na héisteoirí ar an bpointe boise agus áiteanna eile a bhaineann go sonrach le scéal Shuibhe ach nach bhfuil aon ní dá mbaineann leo *per se* a thabharfadh ar an lucht éisteachta a cheapadh nárbh ann dóibh i ndáiríre .i. na *fictions de vérite* ag obair arís.

Ina theannta sin, rinne sé rud (más os íseal féin é) i

[11] Roger Dragonetti, *Le Mirage des Sources. L'Art du Faux dans le roman médiéval.* (Páras: Éditions du Seuil, 1987), 23.

bhfíorthosach an téacs le fíor na fírinne a chur ar an scéal: log, aimsir, fáth agus pearsa an scéil a thabhairt, mar ba ghnás le lucht na seanscéalaíochta. San obair a rinne sé agus an saothar á chruthú aige, léirigh an t-údar an cumas céadach nuair a líon sé an bhearna mhór sin idir an fhírinne agus an fhicseanúlacht. Duine é a bhí in ann a shamhlaíocht féin agus an stairiúlacht (idir fhíor is bhréag) a thabhairt ar comhréim le chéile agus an dubh a chur ina gheal. Maidir le glór uathúil inchreidte a thabhairt don gheilt, níorbh aon dóithín an méid sin óir mar atá ráite ag Max Wehrli: *Gach ní dá ndeirtear, éilíonn sé teanga arb ann di cheana mar rud coibhneasta seasta ach mar rud a shaibhrítear a thuilleadh tríd an méid a deirtear.*[12] B'éigean dó, más ea, rud a chur san áit nach raibh a leithéid cheana, nua-fhocail a chumadh — *parole* leordhóthananch tuisceanach duinelárnaithe a chruthú, a fhaghairt, agus a úsáid mar chuid dhílis den chaint a fuair sé féin le hoidhreacht — le scéal na geilte a aithris agus cur síos a dhéanamh ar an té dár ghabh galar intinne. Rud é sin nach ndearnadh riamh sa nGaeilge nó gur cumadh *Buile Shuibhne*.

Tabharfar suntas láithreach don líon mór d'fhocail dhíorthacha atá sa téacs le cur síos a dhéanamh ar an ngeilt agus ar a mbaineann leis nó léi — *gealtán*, *gealtagán*, *gealtóg*, *gealtach*, *beingheilt*, *luaimhgheilt*, *luaithgheilt*, *naoimhgheilt*, *uairgheilt*, *aithghealtacht*, *ró-ghealtacht*,

[12] .i. 'Jede Rede bedarf einer Sprache, die bereits als relative Konstante vorhanden ist und wieder durch die Rede bereichert wird.', Max Wehrli, *Literatur im deutschen Mittelalter*. (Stuttgart: Reclam, 1984), 104.

baoithghealtacht agus mar sin de — agus ar focail iad nach bhfuil le fáil ach in *Buile Shuibhne* (cuid mhaith acu sa bhfilíocht) nó i dtéacsa atá ceangailte leis an scéal sin.[13] Anuas ar *parole* nua a chumadh, bhain an t-údar leas as seifteanna reacaireachta leis an nglór uathúil inchreidte sin a chumadh: úsáid a bhaint as an gcéad phearsa le beagnach leath an scéil a insint (thart ar 8,000 de na 18,000 focal atá sa mbuntéacs), agus tús áite a thabhairt don chomhrá inmheánach ó thús deireadh. Trína scéal a inseacht sa gcéad phearsa uathu, rinne an t-údar duine den gheilt as an té nach gcaitear leis go hiondúil sna foinsí ach ar leibhéal na haicme .i. mar *typus* ginearálta. Is é an gníomh daonnaitheach sin, an gníomh a dhéanann duine as an *typus* anaithnid — ainm agus guth a thabhairt don gheilt agus caitheamh leis *mar dhuine* — a dhéanann téacs as an ngnáth de *Buile Shuibhne*.

An ról lárnach seo a thugtar don chéad phearsa, don Fhéin, ní hé gnás na seanlitríochta é óir níorbh í an chéad phearsa ach an treas pearsa glór iompartha na reacaireachta sa seanreacht. Cé go maireann corr-aiste filíochta, ar nós *Mé Cailleach Bhéarra* (Sean-Ghaeilge) nó *Mé Éabha* (Meán-Ghaeilge), ní heol dom aon téacs fada próis de chuid an tseanreachta arb í an chéad phearsa is reacaire ann. Sa mbuntéacs, ní mórán cainte a dhéanann Suibhne le daoine eile; cuid mhaith den chaint a chaitheann sé, is air féin a dhírítear (sa tríú pearsa scaití le teann truamhéala) nó is leis féin a chaitear ó tharla gur as féin a bhíonn sé

[13] Níor coinníodh na focail seo ar fad san athleagan. Tá mionchur síos le fáil orthu ar lgh 277–281 den alt a luaitear i bhfonóta 1.

den chuid is mó. Dar ndóigh, ó thaobh na heirméineotaice de, is féidir a rá go ngabhann teachtaireachtaí éagsúla lena leithéid d'iompar ach cá bhfios nach í an teachtaireacht is follasaí an ceann a thugann le fios don lucht éisteachta gur duine é Suibhne a bhíonn 'ag caint leis féin', comhartha ar an místuaim shóisialta, ar an díbirt as clós an choinbhinsiúin, agus ar an eisiamh daonna.

An tús áite seo a thugtar don chéad phearsa mar dhírghlór (*Erzählstimme*) sa téacs, tugann sé fócas fíor-shonrach fíorphearsanta don reacaireacht ionas go gcruthaítear trua agus taise, dile is dáimh, idir pearsa Shuibhne agus lucht éisteachta an scéil. Fágann béim seo an údair ar an bhFéin gur féidir *Buile Shuibhne* a thuiscint mar dhírthéacs (*Ich-text*) .i. téacs dar cuspóir *tuiscint shuibiachtúil, a bhíonn ar foluain idir fearann na suibiachtúlachta agus fearann na hoibiachtúlachta, a chur i bhfriotal,* mar a dúirt Spense.[14] An bhéim seo ar an gcéad phearsa, ar an bhféinfheasacht, ar an bhféinmhachnamh, agus ar an bhféinscrúdú a ghabhann leis an gcéad phearsa, is rud é nach bhfacthas chomh tréan sin riamh sa nGaeilge. Anuas air sin, ós mó den chúiseamh agus den táinseamh ag gabháil leis an dara agus an tríú pearsa, tugann úsáid na chéad phearsan faoisteanúlacht ar leith don téacs, faoisteanúlacht is léir fud fad an scéil, faoisteanúlacht is cúis leis an bhféinmhilleánú a dhéanann Suibhne ach a dtuigtear dó gurb é féin, dar fia agus ar deireadh, is cúis lena chinniúint chráite féin.

---

[14] .i. 'to articulate a subjective stance which hovers between the subjective and objective worlds', Sarah Spence, *Texts and the Self in the Twelfth Century* (Cambridge: Cambridge University Press, 1996), 12.

Maidir leis an áit a suitear cuid mhaith den scéal, cé gur mór i gceist na cuanta, na sléibhte, na gleannta agus mar sin de, is mór i gceist freisin na crainn ós minic le Suibhne cur faoi ina measc. Go deimhin, tá crann ar leith ann — an bile — ar thuas ann a tharlaíonn cuid mhaith den scéal. Ba mhór i gceist sa seanreacht an bile mar ionad insealbhaithe ríoga, an áit a ndéantaí an damhna a oirniú ina rí. Is léir áfach gur ról eile atá aige anseo: áit sóláis, áit faoisimh, áit dídine, ardán a fheidhmíonn go meafrach mar fhara ríoga (murab ionann agus ríchathaoir) ag an té nach bhfuil fanta aige de chairde sa saol i ngeall ar an gcrua-chinniúint a d'éirigh dó ach na crainn ós iad *na crainn chrua-loma chliothardhlútha*, mar a deir Suibhne féin, is cairde agus is lucht luadair dó feasta. Go deimhin, i bhfianaise an cheangail atá ag Suibhne leis an bhfilíocht, agus ó tharla gur sa mbile a aithristear an tríú cuid (nach mór) den fhilíocht atá sa téacs, gurb ann is minic leis a racht fileata a ligean, is geall le *locus poesis* nó ardán poiblí don fhilíocht aige an bile.[15]

Is fada siar sa litríocht a théann cáil na filíochta ar Shuibhne. I nóta imill Meán-Ghaeilge a cuireadh leis an téacs Sean-Ghaeilge *Breatha Éadghaidh*, luaitear ar cheann de thrí bhua Chath Mhaigh Rath *gach ar fhág Suibhne ina dhiaidh de scéalaibh agus de laoithibh in Éirinn*. Is deas mar a thagann an cháil sin Shuibhne mar fhile le samhail sin na geilte mar dhuine a fhaigheann fís nó léargas osnádurtha.

[15] Tá plé déanta agam ar an ngné seo den scéal anseo: 'The Arboreal in *Buile Shuibhne*,' in *Madness in the Woods: Representations of the Ecological Uncanny*, in eagar ag K-T. Pusse, H. Schwarz, agus R. Downes (Beirlín & Nua-Eabhrac: Peter Lang), 108–122.

Go deimhin, cáil seo na filíochta a shamhlaítear le Suibhne, thabharfadh sé ar dhuine a cheapadh go mb'fhéidir gurbh fhearr de thuiscint ar an bhfocal *buile* (i dteideal an scéil ar aon nós) an *insania poetae,* téarma a thagann i dtreise san Iarthar mar chur síos ar bhua an fhile sa dara haois déag agus go gearr sular cumadh *Buile Shuibhe.*

Téacs iltoiseach ilchisealach é *Buile Shuibhne* ach dá bhfuil de théamaí ann, is cinnte go bhfuil an claochlú ar an gceann is lárnaí. Níl áit is fearr a bhfeictear sin ná sa gclaochlú a d'fhág Suibhne ina fhear-éan clúmhach ó chraobh go craobh, ina gheilt ó chrann go crann. Is ionann an *metamorphosis* intinne agus corpartha a thagann air agus comhartha seachtrach don tsochaí dar di é nach ceadmhach dó feasta fanacht ina rí ar Dhál nAraidhe ós geis ar gach rí a bheith faoi mháchaíl. Feictear an claochlú arís, ag deireadh an scéil, nuair a dhéantar naomhgheilt den té sin ba gheilt gan chonn tráth, go dtugtar slánú a anama dó siúd nach raibh i ndán dó ó thús an scéil ach an tsíoraíocht a chaitheamh á loscadh ar leacracha Ifrinn. Nuair a chuimhnímid ar an *conversio* sin ó gheilt go naomhgheilt, nuair a chuimhnímid ar an téarma a chum an t-údar leis an gclaochlú sin a chur i bhfriotal, is deacair gan cuimhneamh ar chuid dá bhfuil sa gcéad litir ag Naomh Pól chuig na Corantaigh (4:10-11) .i. *amadáin sinne ar son Chríost [...] táimid ag fáil ocrais agus íota, táimid lomnocht agus gabhtar do dhornaibh orainn, agus níl ionad cónaí ar bith áirithe againn.* Go deimhin, tá sé mar dhuine díobh siúd *a bhí rómhaith don bheatha shaolta agus a chuaigh chun fáin agus chun seachráin i bhfásaigh, i sléibhte, i scailpeanna, agus in uaimheanna talún* (Leabhar na nEabhrach 11:38) óir titeann de tháir-dhán ar Shuibhne nach mór dó a shaol a chaitheamh mar dheoraí fáin más uaidh slánú a fháil.

Más é an drochghníomh agus comhrac Shuibhne le Rónán is tús leis an scéal, is é an dea-ghníomh agus cairdeas Shuibhne le Mo Ling is críoch leis. Feidhmíonn ról seo na hEaglaise sa scéal mar a bheadh *dúnadh* ann (mar a bhíodh sa tseanfhilíocht) óir cé gurb í an Eaglais is cúis le damnú Shuibhne is í freisin is cúis lena shlánú. Ó tharla gurb í an Eaglais ba chúis le cuid mhaith den ghéarleanúint a d'imrítí ar eiricigh, ar lobhair, ar Iúdaigh, ar an aos imill — orthu siúd nach raibh aon ghlacadh ag an tsochaí oifigiúil leo — ní miste Suibhne agus ar éirigh dó a scagadh trí lionsa na himeallachta, mar a reic R. I. Moore an teoiric sin in *The Formation of a Persecuting Society*. Ina theannta sin, is féidir *Buile Shuibhne* a léamh mar cheacht moráltachta ina léirítear a dtarlaíonn don phearsa ríoga a chuireann cosa i dtaca i gcoinne leathadh na hEaglaise. Feictear freisin cáineadh i gcogar, moráltacht mheitea-théacsúil más áil leat, ar an bhforéigean polaitiúil, ceist de chuid an dara haois déag ach ceist a bhí ag dó na geirbe ag an Eaglais le ceithre chéad bliain roimhe sin ón am ar tiomsaíodh *Cáin Adamnáin*. Cé go léirítear sa scéal a dtarlaíonn don té a mhaslaíonn an Eaglais agus a thugann a dúshlán, a dtarlaíonn don té a théann i dtuilleamaí an fhoréigin pholaitiúil, léirítear freisin gur féidir leis an bpeacach is measa amuigh aithrí a dhéanamh agus é féin a shlánú óir ní hí an agairt ach an fhuascailt is cás le húdar an scéil. Is ar an leibhéal daonna is ceart scéal Shuibhne a thuiscint .i. an Suibhne atá sásta ar deireadh cumhacht dhíomuan na beatha tadhaill a ligean uaidh ar son spré neimhe lá is faide anonn.

Dá mhéid den téacs a léas duine, is mó den ghné Chríostaí is léir dó, is mó de théamaí móra an chreidimh sin a chasfar air: an réamhchinniúint, an fhírinne agus an ainfhírinne, an fhulaingt agus an dólás, an díoltas agus an maithiúnas. An té a léas *Buile Shuibhne*, is deacair dó gan suntas a thabhairt don bhéim atá ann ar an seachnóineachas — comhartha sóirt eile de chuid na gealtachta — agus ar an síor-imeacht ó áit go háit mar is dual don *homo viator*. Chuirfeadh an tsíor-chorrthónacht seo is gnás le Suibhne i gcuimhne do dhuine iomramha na Sean- agus na Meán-Ghaeilge ó tharla an téama céanna le fáil iontu siúd .i. síor-imeacht an laoich ó áit go háit ar thóir an tslánaithe, an síorchorraí seachas an buanchónaí.

Ina theannta sin, is deacair gan cuimhneamh ar choincheap mór eile de chuid na Meánaoise — an saol mar aistear — agus an scéal seo a thuiscint mar mheafar ar an aithrí, mar thuairisc ar an *via dolorosa* a ghabh Suibhne tráth ar díbríodh amach sa domhan mór é ar shiúl ón saol agus ón só a chleacht sé tráth ba rí, ar thóir a shlánaithe, mar dhuine de na *vagi in nationibus* a luaitear in Hóisé 9:17. Ó tharla cur síos á thabhairt ar Shuibhne mar dhuine a bhí ar faoinneal agus ar foluamhain — ní seachnóin na hÉireann ach *seachnóin an domhain* — is mór an seans go bhfuil macalla sa scéal de na *vagi in nationibus*. Go deimhin, tá an tuiscint a thugtar dúinn ar Shuibhne mar dheoraí, mar dhuine a chaith a shaol ag imeacht ó áit go háit ar thóir a shlánaithe, mar an té a dúirt faoi féin *Is mé Suibhne sirtheachán* (focal de chuid an údair féin, seans maith, ó tharla gan é le fáil in aon téacs eile go bhfios dúinn, a chiallaíonn an té a bhíonn ag sireadh), ag teacht leis an tuiscint ar Shuibhne mar dhuine a chuirfí ar shíor-aistear purgóideach tríd an saol ar thóir cairdis le Dia (*peregrinatio pro amore dei*).

I ndeireadh na dála, ní mór do Shuibhne cúl a thabhairt leis an tsochaí dar di é gona cumhacht thalmhaí gona foréigean polaitiúil, agus an ghealtacht — an spás sin 'ina mbíonn indibhidiú frithshóisialta, neamhpholaitiúil, agus — nach aisteach le rá é — saor le fáil' (mar a dúirt Kristeva) a thabhairt air féin. Is í an ghealtacht féin an imeallchríoch thairseachúil is domhnas feasta dó, an áit a leagadh amach dó le haithrí aonair phoiblí a dhéanamh agus é ar thóir a shlánaithe. A mhalairt d'áit, ní cheadófar dó i ngeall ar choinbhinsiúin agus *mores* na sochaí, ach is í an ghealtacht cheannann chéanna sin (an áit úd a thaithíonn an t-aos imill) seachas aon phionós eile a cheadós dó i ndeireadh thiar thall é féin a shaoradh ó laincisí an choinbhinsiúin agus ó gheimhil na gealtachta.

Nóta faoi chúrsaí teangan

Go gairid tar éis 1200, i dtús ré na Nua-Ghaeilge Moiche, a cuireadh i dtoll a chéile *Buile Shuibhne* sa riocht a bhfuil sé againn inniu ach go bhfuil screamh bog den Mheán-Ghaeilge fós i bhfostú de. Fearacht mar a rinneas leis *An Tromdhámh*, d'fhéachas le friotal, foghras, agus fileatas an tseanscéil a thabhairt slán, cuid dá inneach a thiúchán, na snátha seanchais a bhí ar fiar ann a fhí ina chéile arís, ach gan aon chuid dá scéimh ná dá shaibhreas a ligean ar seachrán. Ina theannta sin, leag mé béim ar an gcluais, ar éirí is ascar na cainte, ionas nach in ó na hintinne ach os ard is ceart an scéal seo a léamh.

Ó tharla nach é gnás na seanlitríochta mórán leasa a bhaint as caint dhobhriathrach, a thabharfadh léargas ar na mothúcháin is ar na céadfaí, b'éigean fad agus searradh (nach raibh sa mbunleagan) a bhaint as cuid mhór de mhionbhloghra an scéil — na cnámha beaga gan smúsach, na frásaí a bhí ar ghannchuid smeara, na habairtí fánacha sin a casadh orm thall is abhus a ghoin m'aire mar go raibh splainc bheag bhídeach de Shuibhne iontu — comhlánú, mar adeir an Ghaeilge Nua, nó tiúchan a dhéanamh ar na tagairtí fáin sin. Bíodh is gur beag comhrá a bhí sa mbuntéacs, chinneas cúpla comhrá a chumadh agus a chur in *Mé Suibhne*. Ach má chuir, d'fhéach mé le bheith dílis don mhéid a scríobh an bunúdar, agus cloí chomh mór ab fhéidir linn leis an gcaint, leis an bhfriotal, leis na leaganacha breátha a bhí aige siúd. As an gcuid sin den fhilíocht nár coinníodh a baineadh cuid dár cuireadh sa gcomhrá sin.

An t-am arbh éigean ábhar nua a chumadh, d'fhéach mé le leas a bhaint as an gcineál cainte, dar liom, a bheadh déanta ag an bpearsa dá mba é an t-údar féin a chumfadh an chaint sin dó. D'fhéach mé le gach ar fhéad mé den sean a choinneáil agus gan géilleadh rómhór don nua, agus brí agus beocht a chur in athuair sa méid atá fuaraithe faraor i mbéal beo na teangan comhaimseartha. Ba minic gurbh é an rópa rite idir dílseacht is dásacht againn é .i. cloí dá mb'fhéidir le héirim an údair agus leis an stíl a chleacht sé ach gan an iomarca de chló na cainte comhaimseartha a fhágáil ar an méid sin.

Bhí focail fhóinteacha de chuid an bhunscéil ar cinneadh iad a choinneáil san athchóiriú (agus gluais leo) bíodh is nach n-aithnítear in FGB iad (dá fheabhas é an foclóir sin). Bhí focail nó leaganacha eile de chuid na seanlitríochta fré chéile ar chinn mé iad a chur chun earraíochta an athuair: focail ar nós *fó* .i. maith; *muí* .i. ginideach an fhorainm shealbhaigh *mo*; *sonn* .i. anseo; *gamh* .i. geimhreadh; *samh* .i. samhradh; *mí-lámhach* .i. ciotrúnta; *biol* .i. uisce; *naomh* .i. naofa; *meannchrot* .i. cruit bheag; *riascaire* .i. duine dar ísealstádas dlíthiúil a bheadh ag dul ó riasc go riasc; *niocht* .i. oíche; *a fhir láimhe deirge* .i. a dhúnmharfóir; *bil-labhartha* .i. ain-labhartha, droch-labhartha; *múichneachas* .i. domheanma; *cúrtha* .i. peannaideach, pionósach; *múich* .i. dobrón, duairceas, dúlionn; *lá n-ann* .i. lá amháin, agus mar sin de. Rinneas líon beag focal a chumadh: *gealtchéapar* .i. damhsa na geilte; *samhluan* .i. gealach shamhraidh; *dírluadar* (murab ionann agus *comhluadar*); *leama* (iolra fileata don fhocal *léim* sa leagan *leama líofa lúfara*), agus roinnt bheag eile a cheapadh trína ndíorthú ón rangabháil chaite (*cráite* > *cráiteach*, *gaoine* > *gaoineach*), ón aidiacht (*sirtheach* > *sirtheachas*), nó i gcás amháin ón réamhfhocal (*seachnóin* > *seachnóineachas*).

Maidir leis an mbriathar, bhaineas leas as foirmeacha neamhchaighdeánoifigiúla le blas ar leith a fhágáil ar an gcaint: an 1 iolra táscach láithreach *-am* (*go ndéanam, a bhfuileam, téanam*) agus foshuiteach (*ná sroicheam*); an 2 uatha táscach láithreach in *-ir* (*a shirir, táir, bhfuilir, a bhfeicir, sílir, i mbír*), foshuiteach (*go dtagair, go ndéanair, go mbéarair, go bhfaighir, go nglacair, go bhfanair, go nír;*

go neosairse), agus fáistineach (*raghair, beidhir, go mbír* (in áit *go mbeidhir* causa metri), *sínir, nach ndéanfair, nach dtiocfair*) agus mar sin de. Bhaineas leas as an réimír bhriathartha *do* sa bhfilíocht le siolla a thabhairt dom nuair a theastaigh: *do ghonais, do dheargais*, agus sa bprós le béim a chur in iúl (mar a chuala mé i mBaile an Dúlaigh, láimh le Gaillimh, deich mbliana fichead ó shin): *an treas lá féin, do gheal*, nó le teann rithime: *a bhfacas ann do dhall mé*.

An Fhilíocht

Ós cuid lárnach de *Buile Shuibhne* í an fhilíocht, d'fhéachas le bheith cáiréiseach ina leith agus mé ag iarraidh í a thabhairt chun míneadais agus chun tuisceana as Nua-Ghaeilge. Airí bunúsach de chuid na seanlitríochta is ea an t-ábhar céanna a bheith á reic sa bprós agus sa bhfilíocht, rud is cúis le hathrá dá réir sa scéal. Ó tharla nach bhfeilfeadh a leithéid i saothar de chuid na linne seo, d'fhág mé cuid den fhilíocht athráiteach sin ar lár, sin nó rinne mé prós di. In áiteanna eile, d'fhágas ar lár an chuid sin den fhilíocht nach raibh thar mholadh beirte, an chuid sin di nárbh fhurasta a thabhairt chun míneadais, an chuid sin di nárbh fhearrde an scéal í a fhágáil ann. Maidir le focail ilsiollacha ar cailleadh siolla iontu i ngeall ar an athrú atá tagtha ar an nGaeilge le hocht gcéad bliain, d'fhéachas leis an siolla sin a chúiteamh leis an meadaracht trí iarmhír threise a chur le foirm bhriathartha, forainm sealbhach treise a chur le hainmfhocal, an t-aonsiollach *féin* a chur isteach leis an gcinnteacht siollaí a shásamh, an fhoirm chomhaimseartha *cha* + iarmhír threise leis an mbriathar a lean a úsáid san áit a raibh an fhoirm dhéshiollach *nocha* sa mbuntéacs, an fhoirm dhéshiollach *isin* a choinneáil (mar *insan*) nuair a d'fheil, agus mar sin de. Cé nár éirigh sin liom i gcorrchás, d'fhéachas le cinnteacht siollaí agus uaim a chur i ngach líne, agus dúnadh a bheith ar chuile dhán.

Scaití, b'éigean imeacht rud beag ón méid a bhí sa mbunscéal ar mhaithe le téacs soléite sothuigthe a sholáthar: in dhá chás, chinn mé imeacht ar fad ó mheadaracht an bhundáin mar gur dheacair cruth agus friotal ceart a chur ar an ábhar dá mbeifí taobh leis an mbunmheadaracht (.i. bloghbhairne, $5^3 5^3 5^3 5^3$ .i. cúig shiolla a bheith i líne dar críoch focal tríshiollach). Bhain beagán dua leis mar sheift ach tá éascaíocht dá réir ag an léitheoir, tá súil agam.

Ina theannta sin, de réir mo chumais agus de réir mar a cheadaigh meadaracht agus córas cuibhis an dáin, chloígh mé le focail a bhí in FGB ach nuair nárbh fhéidir sin a dhéanamh *causa metri*, cuireadh réiltín (*) leis an bhfocal ab éigean a choinneáil. Seo a leanas na focail sin agus a gciall: *airgne* .i. argain; *anbhforas* .i. gan bhiseach, gan téarnamh; *beannadán* .i. áit chónaí; *bí* .i. ginideach na haidiachta *beo*; *bil* .i. maith; *biol* .i. uisce; *borr* .i. mór; *cádhas* .i. tearmann; *caoichearán* .i. scol éin; *cath Chonghaile* .i. cath Mhaigh Ráth; *ceirt* .i. faoi chaomhnú ceirt .i. faoi bhrat abhall (ceart .i. abhall); *ceart cuir* .i. nach ndámhann ceart cuir .i. nach dtugann rátha cearta do dhuine; *coinmhír* .i. díol suarach bia a thabharfaí do chú; *creafannán* .i. sionnach; *dochrán* .i. náire nó míofaireacht; *eol* .i. dúiche nó baile; *fear fuagartha* .i. ceithearnach coille, fear a bhfuil an tóir air; *fras-síne* .i. aimsir bháistí; *gaoineach* .i. breá, tofa; *glas-mhíne* .i. sioc-mhínleach; *gluair* .i. gleoir, glan, geal; *leann* .i. brat nó léine; *mana* .i. cúis nó údar .i. ba mhana doirn sin thar smeach .i. ba leor sin go dtabharfaí dorn ar a smig do dhuine; *muaidh* .i. meata, maoth; *os-eola* .i. an cosán a dtéann na hois; *riontach* .i. caint na rón; *ró* .i. ré nó réimse talún; *sanas-laoi* .i. dán a chasfaí i gcogar nó os íseal; *suanach* .i. socair, compordach; *seaghais* .i. leitir choille; *sruith* .i. ciallda, ar a chéill; *taidhean teann* .i. an linn dhoimhin a bhíonn le hais muilinn; *treas gan tlás* .i. seal gan trócaire.

Áit ar bith a raibh ciall focail athraithe ón am ar cumadh an dán agus nárbh éigean é a choinneáil ar mhaithe leis an gcomhardadh, chuireas isteach focal de chuid na linne seo. Bhí riar maith focal ann a raibh an sean-infhilleadh imithe i léig iontu ó cumadh an fhilíocht, rud a d'fhág nach ndéanfaidís comhardadh slán lena gcéilí cuibhis. B'éigean iad sin a choinneáil sa 'seanlitriú' nó an litriú caighdeánach a athrú de bheagán ionas nach gcuirfí as a riocht ar fad an comhardadh: *ar bioth* (in áit *ar bith*); go heisceachtúil *bháin* (in áit *bán*) agus *bán* (in áit *bháin*); *beinn* (in áit *binn/beann*); *caill* (in áit *coill*); *carcra* (in áit *carcair*); *cnáibh* (in áit *cnónna*); *craoibh* (in áit *craobh*); *croinn* (in áit *crainn*); *damh* (in áit *dom*); *éigiort* (in áit *éigeart*); *go bhfaicfinn* (in áit *go bhfeicfinn*); *friot* (in áit *leat*); *i* (in áit *ina*); *imshníomh* (in áit *imní*); *iobhair* (in áit *iúir*); *iúrghlinn* (in áit *iúrghleann*); in áit amháin *Loingseachán* (in áit *Loingseacháin*); *luin* (in áit *loin*, ginideach an fhocail *lon* .i. éan); *neirt* (in áit *nirt*); *nimhe* (in áit *neimhe*), *omhain* (in áit *uamhain*); *ruith* (in áit *rith*); *Sálbhuidhe* (in áit *Sálbhuí*); *snódh* (in áit *snua*); *thair* (in áit *thoir*); *tiobra* (in áit *tobar*); agus *uagha* (in áit *ógha*).

Logainmneacha

Suibhne Geilt: ní siúlach scéalach go dtí é ionas gur gné lárnach de chuid an scéil na logainmneacha mar gur chuir siad dreach na fírinne ar an insint (tuilleadh de na *fictions de vérite*). I gcás cuid mhór de na logainmneacha, tá cinnte ar na scoláirí féin a dhéanamh amach cá háit go díreach a raibh siad ó tharla gur ainmneacha ficseanúla cuid acu.

Bhí líon beag logainmneacha sa bhfilíocht a fágadh san ainmneach (rud ba cheadmhach sa tseanfhilíocht): *Earcán* (in áit *Earcáin*) le comhardadh inmhéanach (*aicill*) a dhéanamh le *gealtán; Bolcán* (in áit *Bolcáin*); an tabharthach gearr *Éire* (in áit *Éirinn*) le comhardadh a dhéanamh le *sléibhe*, agus mar sin de.

Ba mhór an cúnamh dom an saothar mór atá déanta ag eolaigh Chorcaigh: ba mhaith liom mo bhuíochas a ghabháil leo as an obair logainmeolaíochta atá le fáil ar Irish Sagas Online (https://iso.ucc.ie/index-ga.html) agus ar an togra LOCUS (https://www.ucc.ie/en/locus). Ba mhór an cúnamh dom freisin www.logainm.ie, mar aon le mórshaothar an Athar Uí Ógáin *Onomasticon Goedelicum* agus an leagan leasaithe a rinne Donncha Ó Corráin de (https://www.dias.ie/celt/celt-publications-2/onomasticon-goedelicum), beannacht Dé leo beirt. Maidir leis an léarscáil, ní mar chruinnléiriú ach mar threoir a ceapadh í.

Luibhre

Gné thábhachtach de chuid an scéil is ea an luibhre a

choinníonn bia le Suibhne. Is minic a leithéid d'aiste bia le feiceáil i mbeathaí na naomh agus á samhlú leis an mbeatha aointeach (.i. aiséiteach). Ba mhór an cúnamh dom *Luibhleabhrán* an Athar Uí Ógáin (1900) agus *Early Irish Farming* le Fergus Kelly (1997) agus mé ag iarraidh a dhéanamh amach cé na plandaí go baileach a bhí i gceist.

Biolar: *nasturtium officinale* nó *rorippa nasturtium-aquaticum*.
Biorragán: ní heol dom go cinnte cén planda atá i gceist ach is dócha gur bunaithe ar *bior(r)* .i. uisce, atá a ainm.
Creamhlus: gairleog fhiáin nó *allium ursinum*.
Dionn-dlochtáin: binsíní sléibhe.
Feamar: glasarnacht de chuid na haicme *lemnaceae*.
Fochlacht: *veronica beccabunga*, nó *brooklime* an Bhéarla.
Gleorán: bunaithe ar an aidiacht *gleor* (.i. glé nó geal) atá an focal seo arb ionann é, de réir *Luibhleabhrán*, agus an gunna pléascáin (*angelica sylvestris*), nó *wild angelica* an Bhéarla.
Los bian: ní heol dom go baileach cén planda atá i gceist ach thabharfadh a ainm le fios gur los éigin é a bhfuil clúmh nó craiceann (.i. bian) de chineál éigin air.
Maothán: bog-ghasarnach de chineál éigin.
Mónadán: *vaccinium myrtillus*, nó fraochán.
Mónóg: *vaccinium oxycoccus*.
Meille: bunaithe ar an bhfocal *meall* (.i. rúta), is ionann é ag Murphy (*Early Irish Lyrics*) agus *lathyrus macrorrhizuz* nó *lathyrus montanus*. I bhfoinsí eile, *latyrus linifolius* a thugtar air. Ní feasach mé go baileach cén gaol atá aige le *carra mhilis* (a dtugann

an tAthair Ó hÓgáin *wild pea, wild liquorice root* air) ná le *corra meille* a luann Murphy.

Miodhbhun: ní heol dom go baileach cén planda atá i gceist. Tá sé luaite ag Kelly, a deir: 'This could refer to some plant with a sweet root or stem-base i.e. *mid* + *bun*.'

Samhadh: *rumex acetosa*, nó *sorrel* an Bhéarla.

Seamsóg: *oxalis acetosella*, nó *wood-sorrel* an Bhéarla.

Buíochas

Buíochas le mo sheanchomrádaí Gisbert Hemprich as comhairle agus cúnamh na mblianta, le Diarmuid Johnson agus le Micheál Ó Catháin. Beannacht Dé ar anam Hildegard Tristram, a choinnigh misneach liom i bhFreiburg fadó, agus a d'imigh uainn agus an leabhar seo á críochnú. Cuirigí paidir is cré le hanam Dháibhidh Uí Dhuibhgeannáin a chinn in ainneoin a dhearóile féin go mbeadh an scéal seo agus scéalta nach é ag Clanna Gael lá ab fhaide anonn.

cuir gall sro 7 gall o fad do rod Ronan i ccois fiora bar gall no deg
no in allt 7 Ferbine farcaplat Brighe gallcoi air no mgbad fr farcct
an comlann gallcoi 7 fri ele i freccur an comlam gall no deg. Ima la
r. ro crin 7 an cath mor do tabt tarrcc Ferbine re ccal do cinn an
catha 7 tarla Ronan dó 7 oct ramnadot dia mmuinntir ina farr
7 rad ag cur rige coirpecta tar na sluagaib 7 ro cuirset tar
Ferbine a cceann cath. Dá lann i mbáidh fochraibh ro crt an righe
fair 7 do rad a meb a ferainn na hailige ro baoi ina laimh 7 ro orb
raic do rannmetadh doibh go ro mgb. Do rad an tres tanaisi do cinn an
cleirigh fein gur bhen isin clocc boi for a ret go ro ceelmo a cerann ar
amainroe isa aiter. Gonad an aobthe an cleirigh. Go romm an coimde
aitre marroe do coid an cerann isa aiter 7 an ellaib ... go ro ...
a gealtacht amail gach neac ... 7 an bas ro imris for ma daltasa
a re gerubh lo nos berus fadeoig .i. bas do rinn 7 mo mallacht fort
7 mo bennacht for eorain 7 for cartolain 7 teille ... do rola
... 7 cloine Colmain Crain 7 do rinne an leoid. Go mallacht for Ferbine.
Cl ... r ... comrainecsat na catha fo cedóir ro buirset 7 ro gairset
na sluaig dá gach leith. Do cuaid Gerbine na gaire moraib 7 a bhfe...sciath
7 a bfuilinn 7 amhail ... ar ellaib gaire 7 a bhforgail na firinne
Ro fecsat 7 ro lion neim 7 tairpict 7 fanmoel 7 fulang 7 folta
aire 7 morgail gach ion ambiod 7 fsie gach ion no go roiclo. Romsit
...laa amlaid 7 ro ... accopa ro luith a cer..e ro cloicla

na doraibh a ccill Amhnach é, 7 ní ro léicc lámh an chléirigh for n-ais go ccuala
an tan sin aire do rinne an tan sin giolla Congail Claoin mic Sccannláin rí
Uladh ó na toidecht a na toidecht cum Suibhne ó Congal Claon do
cath Muighe Rath [.i. ro innis]. Do ráinic an giolla go Suibhne 7 do fed scéla do ó thús
go deiredh. Do chuaidh Suibhne leis 7 ro fhágaibh Rónán go dubhach dobrónach
ar mbeith a shaltrach 7 a sáraighthe ag na nert 7 a dhochonaigh.
Iar mbeith lá go n-oidhche iarsin do ráinic dobharchú as an loch go Rónán
7 a shaltair leis gan milledh líne no litre innte. Do rinne Rónán
altughadh buidhe do Dhia do chionn na miorbhaile sin 7 mallachais Suibhne
leis. Ro chuir a fhocal an Coimdhe ... amhail táinic sé
dom ionnsaighe 7 é lomnocht go raibh amhlaidh béos ag [.i. do ghnáth] síor-lomnocht
ar faonnal 7 ar foluamhain fud nomh an domhain 7 go raibh bás
do rinn bera fo deoidh, 7 mo mallacht fair, 7 mo bhennacht for
Eórainn ro thriall a fhastódh, 7 an lá ... clann Colmáin an
[ro bhaoi] tuilleadh go raibh olc 7 díth fair do sin 7 do rinne amhlaidh
Suibhne mac Colmáin ro chráidh. Rom tarraing leis ar leth láimh
ó ... baile Chille Lainne leis. D'ambleit a chliath na hecclais ...
Do chuaidh Rónán iaramh go Magh Rath do dhénamh síthe eidir Domhnall
mac Aodha mic Ainmirech .i. rí Érenn, 7 Congal Claon mac Sccannláin rí
Uladh. Do bhí ... an cléirech ag comairce eatorra gach lói go nach mó
tailoi neach eatorra ... ro toirmisgthea an cath, no go ngabhtha
do ... Tic ... Suibhne ... an cléirigh gach ...